U0016965

雄辯風景

當代散文論 I

鍾怡雯

目次

〔卷一〕

論梁實秋的散文譜系與時代意義

梁實秋以《雅舍小品》奠定他在散文史上的地位，論者常以「幽默」、「沖淡」、「機智」，或「書寫人性的哲理散文」、「中國式的essay」等概括其風格。因此《雅舍小品》被典律化的過程中，常被歸入周作人散文一脈。梁實秋主張「文章要深，要遠，就是不要長」，文字需文白夾雜，以文言文豐富白話文，避免西化／歐化，作家應該觀察人生的全貌等等。這些貫徹梁氏散文的特色，主要來自白璧德的主張——以理性駕馭情感、以理性節制想像，藝術是想像的，同時也要合乎禮節，要求散文「文以載道」，甚至可以「理過於辭」，而《雅舍小品》和散文則是落實這些文學理念最好的實踐場域。

「文以載道」的中國文學傳統，正是台灣一九五〇、六〇年代的文學氛圍。國家機器主宰下的反共抗俄文學，提倡掃除「赤色的毒、黃色的害、黑色的罪」，反對浪漫與頹廢，跟白璧德「具有倫理的靈魂的藝術」、「倫理的想像」、「在情感的激湍、風暴、漩渦裡，要保持一種節制，使情感得以平靜」[1]等理念甚為相契。本是浪漫主義信徒的梁實秋，一九二四年進入哈佛大學後，師事白壁德，自此成為白氏思想的擁護與實踐者，文學創作亦深受影響。白氏推崇儒家思想，梁氏與魯迅的論戰，表面看來雖是不同文藝觀與意識形態的交鋒，卻與梁氏的師承，也即其文學思想來源的白壁德最有關係。

梁實秋的文學觀與張道藩在一九五三年所發布的〈三民主義文藝政策〉十分相似。本來文學被經典化的過程，自有其複雜的內因外緣，《雅舍小品》的典律化，與其藝術成就固然有關，亦無法置外於時代環境。也就是說，《雅舍小品》雖不必是反共抗俄文藝政策指導下的作品，二者的精神卻是相通的。梁氏的散文藝術，論述已有不少[2]，至於梁氏的思想來源，前輩學者也有所闡述[3]。本文試圖從多重角度考掘梁氏散文（包括小品）的譜系，並就梁氏散文的風格再作討論。

梁實秋的文學創作始於新詩，於一九二四年進入哈佛前，服膺浪漫主義，其浪漫傾向在〈拜倫與浪漫主義〉一文表現無遺，且對拜倫可謂推崇備至：「拜倫的詩歌代表全人類的至靈至神，其呼聲直可動搖天地。雖然所有浪漫詩人都崇尚自我表現，但自我範圍的宏寬，未有超越拜倫者。拜倫此一精神，直堪與歌德並稱。」[4]從這段話顯見詩人時期的梁實秋對浪漫主義的認同與熱情，與後來在〈現代中國文學之浪漫的趨勢〉的大肆批評，態度截然不同。

1　白壁德：〈論浪漫的道德之現實面〉，收入華諾編譯組編《文學理論資料匯編（中）》（台北：華諾，一九八四），頁七九六—八〇一。

2　范培松認為《雅舍小品》是「周作人沖淡散文的一脈香火的延續」，「從腔調上來說，《雅舍小品》具有非中國化的essay特色，但它又是道地的中國式的essay……整個思想感情的規範又完全是中國傳統化的形式，如對家庭交友倫理的觀點都是傳統的」，引自范培松：《中國現代散文史》（蘇州：江蘇教育，一九九三），頁五九〇—五九一。余光中則指出，梁實秋的散文「用文言的簡潔以濟白話的嚕嗦，堅持中文的純粹以解西化的生硬，而且寓深遠之旨於簡短的篇幅。於是他的正格文章，名副其實，都是兩三千字以內的小品，風格在情趣與理趣之間，抒情而兼議論」，「梁氏既要維持儒家的君子的溫柔敦厚，又要不失英美自由主義的紳士風度、公平精神，筆鋒也顯得不夠凌厲」，見余光中：〈金燦燦的秋收〉，收入余光中編：《秋之頌——梁實秋先生紀念文集》（台北：九歌，一九八八），頁二一六—二一七。鄭明娳〈梁實秋散文概說〉論梁氏散文風格大體與余光中見解相近，歸納《雅舍小品》三點特徵為「鍼砭人性的缺陷、提示人生哲理、流露作者的品味」，收入何寄澎編《當代台灣文學評論大系：散文批評》（台北：正中書局，一九九三），頁二五〇—二七〇。陳信元在〈探索人性的藝術——論梁實秋《雅舍小品》〉則直指其特色為「人性的描寫」，收入陳義芝編：《台灣文學經典研討會論文集》（台北：聯經，一九九九），頁三二二—三三三。

3　梁實秋的思想譜系，參見侯健的〈梁實秋先生的人文思想來源〉和〈梁實秋與新月及其思想與主張〉，二文均收入《秋之頌》。

4　〈拜倫與浪漫主義〉發表於一九二六年的《創造月刊》，並未收入《浪漫的與古典的》、《偏見集》、《梁實秋論文學》或《梁實秋自選集》。引文出處轉引自侯健：〈梁實秋與人文主義〉，收入《秋之頌》，頁四九。侯健認為此文當成於一九二三年後，梁實秋進入科羅拉多大學時期，是了解此一時期他文學觀的重要線索。

侯健以為梁氏的〈中國新文學之浪漫的趨勢〉全屬白氏口吻，此文評擊浪漫主義使得新文學運動成為「無標準」的文學，截斷中國「文以載道」的傳統，是「浪漫的混亂」[5]。梁氏所謂的「文學標準」，即是「文以載道」，這恰是反共抗俄時代文藝政策所標榜的「標準」。早在與魯迅論戰時，他即以〈所謂「文藝政策」者〉對文藝政策有如下的批駁：

> 「文藝」而可以有「政策」，這本身就是一個名辭上的矛盾。俄國共產黨頒布的文藝政策，裡面並沒有什麼理論的根據，只是幾種卑下的心理之顯明的表現而已，一種是暴虐，以政治的手段來剝削作者的思想自由；一種是愚蠢，以政治的手段來求文藝的清一色……我並不是說文藝和政治沒有關係，政治也是生活中不能少的一段經驗，文藝也常表現出政治生活的背景，但這是一種自然而然的步驟，不是人工勉強的……堂堂皇皇的頒布了文藝政策，果然有作家奉行不悖，創為作品嗎？政策沒有多大關係，作品才是我們所要看的東西。[6]

梁氏以為創作者根本上應是獨立的主體，即便和政治有互動，必得建立在「自由」這個大原則之下，他以自由主義的立場，反對（反共抗俄）文藝政策，並且以為作品才是衡量文藝／文學的唯一標準。以後見之明來看，政策決不可能「沒有多大關係」，回顧台灣一九五〇、六〇年代的文學成果，反共抗俄文學數量可觀，國家機器的滲透效果顯而易見，文藝政策自有其指標作用。梁氏儘管不同意有所謂文藝政策[7]，他的文學主張，卻與國民黨的文藝政策如此相同——同樣標舉中華民族的文學道統，排斥西洋文藝，高張「民族立義」大纛。相對於中國大陸，這樣的宣示代表對歷史傳統的隱喻性捍禦，與共產黨的基本教義形成對比／抗衡。魯迅在中國被神化，梁氏因為曾與魯迅筆戰，而筆戰的立足點又代表兩種意識形態，於是梁氏在台灣的地位，不免（難免）也帶著與魯迅抗衡的意味。

梁氏任職國立編譯館時，編印小冊激勵抗戰，啟迪民智，倡導善良民俗[8]，這是梁氏

5 梁實秋：〈現代中國文學之浪漫的趨勢〉，《梁實秋論文學》（台北：時報，一九八一），頁一〇。

6 梁實秋：〈所謂「文藝政策」者〉，收入壁華編：《魯迅與梁實秋論戰文選》（香港：天地圖書，一九七九），頁七四—七五。

7 一九四二年，張道藩以〈三民主藝文藝論〉回應毛澤東〈在延安文藝座談會上的講話〉，梁實秋則於十月二十日發表〈關於「文藝政策」〉。然而此文未收入梁氏的論著，包括重要的選集《梁實秋論文學》或《梁實秋自選集》，與魯迅論戰的〈所謂「文藝政策」者〉倒是分別收入《偏見集》、《梁實秋論文學》和《梁實秋自選集》。余光中〈金燦燦的秋收〉謂「（梁實秋）又在一九四二年發表〈有關「文藝政策」〉，反對張道藩在這方面的主張。於私，魯是敵，張是友。但是只要事關文學，就不論敵友，只論是非。」（《秋之頌》，頁三二一）。

8 胡百華：〈梁實秋先生簡譜初稿〉，收入《秋之頌》，頁五三三。

「文以載道」的文學觀用世時，所產生的實際效果。梁氏批評「浪漫主義就是不守紀律的情感主義」[9]，現代中國文學到處彌漫著抒情主義，他把原因歸咎為禮樂不興，情感成為文學，以致流於頹廢主義和假理想主義。抒情主義非不可行，然須「考察情感的質是否純正，及其量是否有度……」[10]（喜怒哀樂發而皆中節？），「偉大的文學家足以啟發革命運動……偉大的文學的力量，不在於表示出多少不羈的熱狂，而在於把這不羈的熱狂注納在紀律的軌道裡」[11]，按照「紀律」、「情感純正有量度」這樣的文學標準，一個創作者必得是個道德高尚的人。

梁實秋這些想法俱來自白璧德，因為白氏認為有利於人類社會福祉的，是儒家式的個人主義——從學養修省開始，而止於充當社會楷模，實踐「修身齊家治國平天下」這八條目。「他（白璧德）不僅尊孔子為世界四大思想家（另三人是佛陀、蘇格拉底和耶蘇），對朱熹乃至曾國藩都刮目相看」[12]，白氏反對印象主義和玩票主義，因為那是膚淺的，與朱熹提倡的「窮理」恰恰相反。作為一個思想家，白璧德的理論架構盡可以作形而上的無限推演，然而梁實秋作為一個創作者，這些陳義極高的人生理想未必盡能落實在他的創作裡，形成言說／理論與實踐／創作上的落差，以及創作上的局限。

國民黨文藝政策的綱本，標榜的正是以禮樂為內容、強調民族意識的儒家思想文學／文藝觀，慣常以「脈絡下的自我」來要求個人對國家的忠誠，也就是強調歷史文化對個別主體的無形影響／繼承，個體隸屬於歷史文化，這種「脈絡論」是國民黨和民族主義者的思考方式。按照「脈絡論」的推理，個人絕對不能背離、拋棄這種形塑主體的歷史文化。國民黨的思考方式是政治性的，而梁實秋立足的卻是民族主義。正是在這點上，梁實秋和國民黨的文藝政策顯現出極大的同質性，這也就是雖然梁實秋反對文藝政策，站在捍衛中華民族的道統立場，卻使得他和國民黨的文藝政策在表面上是如此相似。

蔣介石〈民生主義育樂補述兩篇〉是國民黨文藝政策的重要指標：「從前中國號稱禮樂之邦，到了現在，一般人不探討禮樂的本義，只是把禮樂當做陳舊的東西，一筆勾銷，殊不知禮的本義是節制情感，樂的本義是調和情感。所以《禮記》說，禮的作用是『節』，樂的作用是『和』，在這節與和兩重作用之下，達到情感與理智和諧的境界」[13]，要求文藝「表揚民族文化」。蔣介石的這番言論宣示文藝應繼承／捍衛中華民族的道統，其實隱喻國民黨

9 梁實秋：〈現代中國文學之浪漫的趨勢〉，《梁實秋論文學》，頁一三。
10 《梁實秋論文學》，頁一二。
11 梁實秋：〈文學與革命〉，《偏見集》（台北：水牛，一九八六），頁一〇—一一。
12 侯健：〈梁實秋先生的人文思想來源〉，《秋之頌》，頁七五。
13 蔣介石：〈民生主義育樂補述兩篇〉，收入孫文：《三民主義》（台北：中央文物供應社，一九八五），頁三七二。

政權代表中華民族的合理性。

在蔣介石〈民生主義育樂補述兩篇〉發表之後，張道藩隨後即寫成〈三民主義文藝論〉，闡述並引申〈民生主義育樂補述兩篇〉的觀點，以為「三民主義文藝」的目的是在「發掘與表現宇宙人生的真善美」[14]，並且把道德要求加諸文藝，認為中國溫柔敦厚的詩教，明道、見道、貫道、載道的散文傳統，乃至小說和戲曲都是著意於道德的發揮，中國的文藝史，盡洋溢著中國民族的道德精神。張道藩同時也指出中國文化／文藝，是如何優於西方文化／文藝，並且再次強調禮（節）樂（和）的重要性。如此，中華文化對國民黨乃有雙重意義，一是對抗共產主義，另一則是抵抗西方帝國主義。對中華文化的優越感，梁氏早在〈中國新文學之浪漫的趨勢〉一文多有論述，指出文學無分新舊，只有中外之辨。雖然留學美國，梁實秋的生命基調卻是十分中國的，在所有宗教當中，他最愛禪宗，因為那是中國化的佛教，有些道理與儒家思想相通。在美國時，別人加入青年會，他入孔教會，倡立書法研習社。學的是英國文學，卻以為應當研習中國文學才是正途；教的雖也是英國文學，卻對中國文學和語文十分眷戀。梁氏並且表示自己在行文中竭力避免「洋腔洋調」，或是西式口吻，以免成為「假洋鬼子」或「二毛子」。

梁實秋一再提及文學的最高境界是節制情感（即蔣介石和張道藩在文藝政策所說的禮樂）：「文學的力量，不在於開擴，而在於集中；不在於放縱，而在於節制……所謂節制的力量，就是以理性駕馭情感，以理性節制想像」[15]，講節制乃是因為熱切的情感易流於非理性，在文學上是為頹廢主義和假理想主義，而「革命的文學」實乃不知節制的成果。〈文學與革命〉批評有些躲在亭子間的作家為民訴苦喊冤，以為民眾活在水深火熱之中，以無限制的同情把鼻涕眼淚堆滿在紙上。這番評論既是指向個人（魯迅），也指向時代的風潮。即便在晚年接受訪問時，他仍強調節制的重要：「所貴乎為文學家者，乃在於他有高度的節制力，節制其氾濫的情感，節制其不羈的想像，納之於正軌，繩之於規矩，然後才有醇厚的作品」[16]，這段話實有歷史經驗以為鑑，然而後來究竟是無產階級革命成功，「文學家沒有任何使命，除了他自己內心對於真善美的要求使命」[17]，梁實秋反階級反對文學成為宣傳工具的理念無法在彼岸實現，在台灣亦然。

國民黨要求文學肩負「反共復國」的使命，使得自由主義者如胡適等處於尷尬的歷史處境[18]，梁實秋與魯迅筆戰時，早有「文藝」和「政策」不相容的聲明，面對國民黨所頒布的

---

14 張道藩：《張道藩先生文集》（台北：九歌，一九九九），頁六二八—六二九。

15 梁實秋：〈文學的紀律〉，《浪漫的與古典的》（台北：水牛，一九八六），頁一一九。

16 丘秀芷：〈漫談散文及其他——答丘秀芷女士問〉，收入〈秋之頌〉，頁四二六。

17 梁實秋：〈文學與革命〉，收入壁華編《魯迅與梁實秋論戰文選》，頁四一。

18 陳芳明：〈台灣現代文學與五〇年代自由主義傳統的關係——以《文學雜誌》為中心〉《後殖民台灣——文

文藝政策，處境也不比胡適輕鬆。胡適和梁實秋都被中國共產黨點名批判過，儘管二人均被視為自由主義者，但梁實秋的態度實較胡適保守，譬如梁氏批評白話文運動，只是因為少數幾個留學生受外國影響的任性行為。要求「言文一致」、「語體文之歐化」乃浪漫主義者的一齣惡夢，用俚語俗文入文、反對古文，為的只是打擊古文文體，並沒有正面的建設文學的意義。胡適、錢玄同、陳獨秀當年提倡拼音文字，胡適建議「必須先用白話文字來代替文字，然後把白話的文字變成拼音的文字」[19]，相較之下，這番見解就十分大膽，由此可以對照出胡梁態度的差異。

梁實秋的民族主義立場尚包括批評新詩就是外國式的詩、戲劇是外國戲、翻譯則是不分好壞任意把外國作品介紹到中國，完全是傳統中華文化保護者的姿態，而這恰是國民黨在文化政策的保守姿態。張道藩在〈我們所需要的文藝政策〉強調「從上邊的『六不政策』裡，很可看出我國新文藝是怎樣地受西洋文藝的束縛，同時，也可看出我們是怎樣需要獨立的文藝」[20]。所謂「六不政策」包括：不專寫社會黑暗、不挑撥階級的仇恨、不帶悲觀的色彩、不表現浪漫的情調、不寫無意義的作品，以及不表現不正確的意識。隨著「六不」乃有「五要政策」，即要創造我們的民族文藝、要為最苦痛的平民而寫作、要以民族的立場來寫作、要從理智裡產生作品，以及要用現實的形式。

縱觀張道藩的六不五要政策，簡直是先要求一個哲學命題上的「完人」或「聖人」（不帶悲觀的色彩、不表現浪漫的情調、不寫無意義的作品，以及不表現不正確的意識），而非獨立的創作主體。誠如梁實秋所說的，文學的相關活動，包括研究、創作或批評，都不在滿足好奇的慾望，而在於「表現出一個完美的人性」[21]，文學批評是「倫理的選擇」、「文學批評與哲學的關係，以對倫理學最為密切」[22]，凡此種種，皆可看出張道藩和梁實秋二人文學觀的相通之處。

張道藩與梁實秋二人既是朋友也是同僚，二人皆在二十六歲時加入國民黨。梁氏一九三〇年任青島大學外文系主任時，張道藩是教務長；一九三八年則應時任教育部次長的張道藩之邀，主編國文、歷史、地理、公民四科教科書。張道藩三十六歲時即「從左傾書籍警覺要重視文藝」[23]，一九五〇年成立中華文藝基金會及中國文藝協會，這是兩個反共抗俄的重要

學史論及其周邊》（台北：麥田，二〇〇二），頁一七三—一九六。

19 傅斯年：〈漢語改用拼音文字的初步談〉，轉引自王章維、徐勝萍、衛金桂：《五四與中國現代化》（北京：北京師範大學，一九九九），頁一四〇。

20 張道藩：〈我們所需要的文藝政策〉，《張道藩先生文集》，六一五。

21《浪漫的與古典的》，頁一一八。

22《魯迅與梁實秋論戰文選》，頁一—八。

23《張道藩先生文集》，頁六九五。

團體。張道藩歷任國民黨多項重要職務，譬如中央宣傳部文化運動會主任委員、中華文藝獎金委員會主委、立法院長等，並且是戰鬥文藝的提倡者兼文藝政策旗手，除了為人所熟知的〈我們所需要的文藝政策〉和〈三民主義文藝論〉之外，〈《文藝創作》發刊詞〉、〈社會教育與文藝〉這些具有政治目的的文學觀，以建構共同的歷史、族群意識和意識形態為價值觀，儼然成為時代的創作指標。由於張道藩的身分和地位，這些言論以「社會整體」的姿態發言，無視於不同的作者特質，抹消個別差異以達成政治性認同。梁氏則畢身貢獻於教育，在中國大陸時，間有短暫的政務官生涯。到了台灣，張道藩活躍於政治舞台，他的反共理想反映在文藝政策面。梁實秋扮演的是教育者的角色，他的文學觀，則落實於散文創作。

梁實秋反對浪漫主義，並由此衍伸出「節制」的文學觀，要求「文以載道」。「至於字句的琢飾，語調的整肅，段落的均勻，倒都不是重要的問題。所以講起形式來，我們注意的是在單一，是在免除枝節，是在完整，是在免除冗贅」[24]；「文學之所以重紀律，為的是要求文學的健康」[25]，這兩段引文可視為周敦頤這兩段文字的闡發：「文辭，藝也；道德，實也」，「篤其實而藝者書之」，亦是韓愈所謂「道文合一，陳言務去」的實踐，是為中國文學批評「文如其人」一脈，要求創作者在文學和道德上的雙修。梁實秋也十分在意「想像的質地是否純正」[26]，多次強調「以理性駕馭情感、以理性節制想像」。〈論散文〉特別提出散文最根本的原則，就是「割愛」；最高的理想，則「簡單」二字[27]。

梁實秋提倡的「節制」具體落實在散文上，可分成兩個層次理解：一是情感的內斂，二是字數的節省。以《槐園夢憶》為例，梁實秋和程季淑從自由戀愛到同組家庭，又歷經大時代的動亂，幾次生離猶如死別，乃至後來的大別，梁實秋寫來常是重敘事而少抒情，哀傷處如此，歡樂亦然，寥寥幾筆輕輕帶過，極為簡省，情感過於濃縮的結果，甚至只以抽象的副詞或形容詞簡單帶過。鄭明娳認為「當作者把事件過度濃縮，或僅下短語結論時，讀者常會感覺過於抽象，難以掌握實際情境」[28]，誠然。這是情感和字數的節省，也可視為「割愛」和「簡單」兩種散文原則的實踐，因此梁氏散文絕少汪洋恣肆。大開大闔、馳騁想像以及試鍊文字文句的散文實驗，倒是後來由梁氏的學生余光中另闢新徑，成果斐然。

梁實秋「割愛」的具體表現，是「小品」多而長篇的散文少，《雅舍小品》四集固然短文占絕大多數，《雅舍散文》二集長篇的為數也不多，《雅舍談吃》尤多戛然而止的極短

24《浪漫的與古典的》，頁一二二。

25《浪漫的與古典的》，頁一二六。

26《浪漫的與古典的》，頁一二八。

27 梁實秋：〈論散文〉，收入王鍾陵編：《二十世紀中國文學史文論精華（散文卷）》（石家莊：河北教育，二〇〇〇），頁三〇。

28《當代台灣文學評論大系：散文批評》，頁二五二。

文。梁氏認為散文應該清楚明白，重主幹而少枝節，好處是要言不繁，俐落輕快，卻令讀者常有意猶未盡之感，〈芙蓉雞片〉、〈烏魚錢〉、〈茄子〉、〈拌鴨掌〉等即是。順著「節制」的要求，梁氏的小品直言直語多，迂迴曲折少，最擅長「說理」，而這點也符合他正視人生，且正視人生全體的寫作主旨。既然要「正視人生的全體」，必不可能「表現完美的人性」，因此在〈孩子〉、〈女人〉、〈男人〉等等對人性的批判和洞悉，其實近似魯迅式的雜文。魯迅曾在〈小品文的危機〉說：「生存的小品文，必須是匕首，是投槍，能和讀者一同殺出一條生存的血路的東西；但自然，它也能給人愉快和休息，然而這並不是『小擺設』，更不是撫慰和痲痺，它給人的愉快和休息是休養，是勞作和戰鬥之前的準備」[29]。

梁實秋自然不會同意小品文是勞作和戰鬥之前的準備，然而《雅舍小品》對人生銳利深刻的觀察和揭示，正是他正視人生全體的結果，頗合於他對文章要深、高、遠的要求，非魯迅不以為然的小擺設。梁實秋幽默的筆調，也確實「給人愉快和休息」，因此梁氏的文學觀和魯迅雖不同，創作卻反倒有相近之處。可以肯定的是，他的風格卻絕不同於周作人的沖淡閒適。梁氏早年以《罵人的藝術》崛起，寫作〈罵人的藝術〉為的是「助人罵人，同時也是想把罵人的技術揭破一點，供愛罵人者參考。挨罵的人看看，罵人的心理原來是這樣的，也算是揭破一張黑幕給你瞧瞧！」[30]，由此可窺早期梁氏文風銳氣。梁氏嘗言「寫《雅舍小品》時唯恐不傷人，寫《雅舍散文》時卻唯恐傷了人」[31]，足以傷人者，唯其筆鋒銳利，筆帶劍氣。不傷人的《雅舍散文》卻真的符合他晚年時要求的「醇厚」，《雅舍談吃》的憶往之作便顯儒雅溫暖。

本文論述梁實秋的文學譜系，特別指出其文學觀與創作如何實踐白璧德的學說。儘管梁實秋與魯迅論戰，重點之一是「文藝」和「政策」根本不可能相容，然而「文以載道」的文學觀恰正是台灣一九五〇、六〇年代的文學氛圍，無論在審美趣味和文學要求上，二者都十分相似。梁氏念茲在茲的「節制」美學固是優點，卻也可能形成過於簡單的局限。《雅舍小品》擅長「說理」，且正視人生全體的寫作主旨，使得其小品文更近魯迅，反倒與周作人沖淡風格距離較遠。論者指出（也幾乎成為定見的）梁氏小品的儒雅風格，實是晚期的創作所形成的整體印象。

29《浪漫的與古典的》，頁五四。

30 梁實秋：《罵人的藝術》（台北：遠東，一九七七），頁一〇。

31 梁實秋：〈雅舍精品‧序〉，《雅舍精品》（台北：九歌，二〇〇二），頁六。

一捆矛盾
——論林語堂的（拒絕）歷史定位

林語堂《八十自敘》首篇題為〈一捆矛盾〉，他以「一捆矛盾」總結「林語堂」的一生，認為只有上帝才認識他，林語堂也不認識「林語堂」。〈一捆矛盾〉採第三人稱敘述，以旁觀者眼光遠距觀察被敘述者／傳主「林語堂」的一生，略去細節，以跳接式的筆法剪接「林語堂」的個性，簡短精要的為「林語堂」按下結語，避重就輕的神來之筆，顯得高明而坦率。

「一捆矛盾」是抽象而詩性的描述，既詮釋了（林語堂）又拒絕詮釋，充滿想像和歧義。惟其不定義，不明說，不多說，因此才有想像和論述空間。一捆矛盾的趣味來自互相消解，拒絕定義，沒有中心，這個形容同時也具有遊戲，分裂，浮動和不穩定的後現代特質。

當八十歲的林語堂面對時間，進入記憶，回首所來徑，從過去的多個自我尋找「林語堂」

時，那個喜歡天南地北閒談的林語堂，突然之間在語言／上帝之前猶豫了一下，他找不到一個統一的「我」可以代表林語堂。一生主張「能做自己的自主和做自己的膽量」[1]的林語堂，卻在面對歷史時猶豫了。猶豫的反應是誠實也是合理的，自傳作者在處理自身時，既是主體，也是客體，客體亦是主體的分裂，主客之間的距離調整本來就不容易，特別是《八十自敘》被作者視為封筆之作[2]，頗有自我評價和定位的意味，其複雜的心理機制和內在衝突必然遠甚於前著，「一捆矛盾」不失為謹慎而中肯的判斷。

有趣的是，林語堂的判斷彷佛幽了自己一默，也為自己的歷史位置留下難題。相較於同輩作家，當代學者對林語堂的定位其實是相對模糊的。我們稱胡適為學者、思想家，或者冠以周作人、梁實秋等為散文家，大抵沒有疑慮。林語堂當然也寫散文，他更為人普遍接受的稱號，卻是「幽默大師」[3]。「幽默大師」跟學者、思想家或散文家的歷史位置自然有別，學者、思想家或散文家以立言定位，「幽默大師」卻是「一種幽默生活態度的提倡者」，充其量也就是「生活家」。生活家可以跟學者、思想家或散文家放在同一個天秤上嗎？只要比較胡適、周作人、梁實秋和林語堂被論述和研究的成果，就可以知道歷史的回答。

林語堂跟那時代的知識分子一樣具有「通人」的特色，他身兼作者、學者、編輯、翻譯等多種角色，作過行政，當過官，學問駁雜，同時對科學有興趣，還曾發明打字機，不只古今兼通，中西兼通，甚至跨越文學與科學。通人是那個時代氛圍所塑造的知識分子面貌，回顧在文學史上留名的五四作家，胡適、梁實秋、徐志摩、林徽因、周作人、魯迅等人莫不如此，鮮少只是專精一個領域的「專人」。

時代風潮如此，歷史則剛好相反。歷史長河披沙瀝金，留下的往往是某個領域的拔尖者，當時的通人倘若不具備出色的專人之才，則很可能被殘酷的歷史之流淘汰或淹沒。擠身

1 林語堂：〈一捆矛盾〉，《八十自敘》（台北：風雲時代，一九八九），頁五。

2 《八十自敘》壓軸之卷〈年華漸老——生命的旋律〉最後有云：「我寫到幾百萬字厚書的最後一行，這最後的一行成為一條輕輕的軌跡。我有心臟病的初期徵兆，醫生叫我徹底休息」（《八十自敘》，頁七三）。

3 范伯群《中國以現代散文論史》和《中國散文批評史》是規模相當完整的現代散文史論述，論周作人跟林語堂的篇幅差距之大可知二者的地位，雖然林語堂跟周作人同屬崇尚個人趣味，獨尊小品，被歸為閒適的言志派。跟林語堂同時筆路也接近的梁實秋篇幅更少，實則梁的散文質量均比林佳，范伯群的價值判斷跟意識形態不無關係。我曾在〈論梁實秋的散文譜系及其時代意義〉論及魯迅在中國被神化，梁氏因為曾與魯迅筆戰，而筆戰的立足點又代表兩種意識形態，於是梁氏在台灣的崇高地位，不免（難免）也帶著與魯迅抗衡的意味（本文收入鍾怡雯：《無盡的追尋——當代散文的詮釋與批評》（台北：聯合文學，二〇〇四），頁二一一——二一二），魯迅在中國大陸的崇高地位的塑成經過跟梁實秋在台灣一樣，且其影響遠較梁實秋深遠。當然，對散文家的歷史定位十分複雜，散文成就之外，尚牽涉到意識形態、美學品味、歷史和社會等等各種因素。在台灣的散文史上，撇開散文評價不論，梁實秋談吃的散文近幾年因飲食散文的風潮而提高能見度，林語堂的幽默美學相形之下就寂寞許多。

專人之才後，才是排名高低，也就是歷史評價的問題。在通人之列的林語堂得以在歷史留名，最令人印象深刻的莫過於他提倡並實踐的生活態度，一種幽默、從容不迫、超脫的人生觀。早在一九二〇年代，林語堂便在《晨報副刊》發表〈徵譯散文並提倡「幽默」〉、〈幽默雜話〉，大力提倡幽默文學，同時鼓吹以幽默面對生活，使之成為一種生活態度，後來則從古今中外的典籍為幽默溯源和正名。讓林語堂奠定國際聲譽、享譽中外的《生活的藝術》，成為他的「招牌」，幽默大師稱號於焉而生。

林語堂著作等身，讓他蜚聲國際文壇的《吾國與吾民》（*My Country and My People*, 1935）和《生活的藝術》（*The Importance of Living*, 1935）均以英文寫作，翻譯成中文之後，《生活的藝術》流露的名士派風格更成為林語堂的代名詞，他的「閒適哲學」[4]得到全面而廣泛的發揮。悠雅的、中產階級式的知識分子品味，以「抒情哲學」的軟性筆調介紹中國人的文化、生活、民族性、男人與女人，實踐了他打從一九二〇年代便極力提倡的幽默趣味，在抒情與論述之間開闢新的書寫空間。

在形式上，我們肯定《生活的藝術》的主題式寫作，同時是完整的長篇知識／知性散文。他在自序裡說「本書是一種私人供狀，供認我自己的思想和生活所得的經驗。我不想發表客觀意見，也不想創立不朽真理」[5]，《生活的藝術》的民族主義被林語堂個人化、主觀化、情感化層層包裹，對西方讀者而言，既不激越也不銳利；莊子、孟子、老子、子思成為林語堂筆下「最會享受人生」的思想家，中國讀者也無異議，因為林語堂強調此書純屬私人供狀，請勿從哲學角度要求他的論點對錯，《生活的藝術》是散文，不是論文。這類夾敘夾議的知識散文閱讀樂趣完全仰賴作者的魅力，也就是如何展現他的見識和學問。問題是，《生活的藝術》許多篇章怎麼讀都像是勵志散文，例如「悠閒的重要」、「文化的享受」、「思想的藝術」或「享受大自然」等。勵志散文是哲學、思想普及化或文學化的成果，它不能深掘宇宙之秘，或究天人之際，因為閱讀的對象是普羅大眾。普羅大眾或許無法直接閱讀文言文的諸子哲學原典，於是勵志散文就可成為「中介」，以文學包裝思想，使之易讀易解。

《生活的藝術》因為面對的是西方讀者，於是還得更多一重考慮：中國讀者視為理所當然的，在西方讀者可能完全陌生，於是必須加上另一道簡化手序：把複雜的事情簡單化。為了簡化，勢必講解說明。如此簡化再加說明，篇幅是增長了，觀點卻沒變，這就是《生活的藝術》冗長煩瑣之因。特別是有些章節照經典原文全錄，譬如〈張潮的警句〉和〈袁中郎的瓶花〉，除了開頭一、兩段，餘皆原文照引，那一兩段又是泛泛的介紹。這是一例，其他如〈兩個中國女子〉大部分皆為《影梅庵憶語》和《浮生六記》的原文。〈寫作的藝術〉更多

4　林語堂《生活的藝術·序》（台北：風雲時代，一九八九），頁一。

5　《生活的藝術·序》，頁一。

的是淺顯的寫作指導，相較於林語堂的名聲，這些篇章實在「有失水準」。〈張潮的警句〉和〈袁中郎的瓶花〉所引的章句原為古文，林語堂用英文寫作時費了一番功夫譯成英文，可是當這兩章再翻譯成中文，林語堂的譯介之功算是白費了。中文讀者只覺得這原文照錄的散文毫無新意，知識散文最精采可貴的作者的見解完全消失，還不如直接閱讀張潮或袁中郎的原著。或許，我們應該試著還原歷史情境，讓這本書回到當時的寫作背景：一九三〇年代的美國，林語堂在一九三五年以《吾國與吾民》在美國引起廣大的迴響，一夕成名，成為中國在美國的代言人。《生活的藝術》跟《吾國與吾民》一樣，必須符合西方讀者閱讀視野，這是中西方文化語境的不同，中國大陸的學者高鴻便指出：

這一方面顯示出西方文化對中國文化傳統的「好奇心」，另一方面林語堂的確抓住了美國人所希望了解的中國，那個古老傳統的中國，而不是現代中國。林語堂後來對自己的總結：「兩腳踏東西文化，一心評宇宙文章」和「對外國人講中國文化，而對中國人講外國文化」中的「中國文化」指的是中國傳統文化，這在今天看來顯然更加清晰。只是我們站在今天的位置返觀過去所看到的是，林語堂在中西文化間騰挪回轉的這種「閒適」姿態，實際上還只是林語堂向西方世界「輸出」中國傳統文化的單向行駛。6

我們且以高鴻的見解跟林語堂的表白相互對照：

> 我知道一定有人會說我所用的字句太過淺俗，說我寫得太容易了解，說我太不謹慎，說我在哲學的尊座前說話不低聲下氣，不步伐整齊，態度不惶恐兢兢。現代哲學家所最缺乏的似乎是勇氣。但我始終徘徊於哲學家境界的外面。這倒給我勇氣，使我可以根據自己的直覺下判斷，思索出自己的觀念，創立自己獨特的見解，以一種孩子氣的厚臉皮，在大庭廣眾之間把它們直供出來；並且確知在世界另一角落裡必有和我同感的人，會表示默契。[7]

顯然林語堂也意識到《生活的藝術》使用淺顯、隨性的表達方式不妥，但是他善辯[8]，以

6 高鴻：《跨文化的中國敘事——以賽珍珠、林語堂、湯亭亭為中心的討論》（上海：上海三聯書店，二〇〇五），頁四七—四八。

7 《生活的藝術・序》，頁三。

8 林語堂在〈早年與西方的接觸〉說有人問他將來想從事的行業，他的答案是：（一）當英文老師。（二）當物理老師。（三）開一間「辯論」店。他以善辯而知名，兄弟姐妹都稱他為「辯論店老闆」（《八十自敘》，頁二〇）。

「勇氣」和「孩子氣的厚臉皮」為理由，為自己找到書寫的動力，沒有意識到其中的危機和問題。高鴻認為林語堂只是「單向行駛」，是「對外國人講中國文化」，因此當《生活的藝術》譯成中文，「對外國人講中國文化」變成「對中國人講中國文化」，便顯得淺顯又冗長[9]。林語堂在《吾國與吾民》的序表達了他對賽珍珠的謝意，因為「她替我通篇審閱過我的原稿」[10]，賽珍珠的序則稱讚這本書「滿足了我們一切熱望底要求」[11]，至於《生活的藝術》則是在華爾斯先生（賽珍珠的丈夫）的建議下寫成，因此林語堂在序裡同時感謝華爾斯夫婦（Mr. and Mrs. Walsh，即賽珍珠及其夫婿）。由此可知，兩部書完全以西方讀者為考量，賽珍珠的閱讀品味則代表西方世界的閱讀期待，因此《生活的藝術》無法寫深。

《吾國與吾民》與《生活的藝術》譯成中文後，在台灣仍然頗受讀者歡迎。講究生活樂趣，鼓勵輕鬆生活的林語堂，讓凡事講「禮教」或「教養」，講勤勞恭儉的中國人為之眼睛一亮；撇開文字不論，林語堂這個「人」的整體形象幽默機智，況且，他在美國備受肯定，是名揚海外的「中國」作家，當時在那樣內憂外患衰頹國勢下，《生活的藝術》或許還有供國族主義論述發揮的空間。不過，脫離歷史情境之後，《生活的藝術》的勵志似乎也時過境遷，在分工更細的後現代，旅行、享樂、悠閒的出版品幾可填海造地，「慢活」的書刊雜誌蔚為時代浪潮，《生活的藝術》提倡的閒適，看來更像是前現代的遺棄物，真正只能回到林語堂那個時代安身立命。

其次，是文字問題。趙毅衡在〈林語堂：雙語作家寫不了雙語作品〉分別從《生活的藝術》與〈臉與法治〉撿選兩段中文，前者語言不通如霧裡看花，後者則乾淨明快，二段文字似出自不同人之筆。趙毅衡認為這肇因於林語堂的中文和英文造詣均佳：「林的中文好到無法翻譯成英文，他的英文也好到無法翻譯成中文。兩者都已爐火純青：『缺少可譯性』，是文字之至美。林語堂的中文散文，絕對不會寫成《生活的藝術》文字的延綿環連；他的英文傳記、小說，也不可能與《臉與法治》文字的簡約並置」[12]。

9 台灣的學術界基本上仍然是非常「善意」的，二〇〇〇年舉辦的「林語堂的生活與藝術研討會」總共發表十篇論文，幾乎是一面倒的肯定林語堂的成就與貢獻。《生活的藝術》特別是聚焦點，共有四篇論文全面或部分的歌頌林語堂的生活藝術之美，夏志清在《中國現代小說史》對於林語堂小品文的諸多批評卻被這些論文跳過，見龔鵬程、陳信元編：《林語堂的生活與藝術研討會論文集》（台北：台北市政府文化局，二〇〇〇）。《中國現代小說史》討論的是小說，夏志清卻特別挑出林語堂的小品以及文學觀，貶抑有加，論及小說家時，更沒有林語堂的一席之地。張愛玲是夏志清一手捧紅的，林語堂則在夏的小說史缺席，仿佛各自預告了他們在文學史的命運。林語堂小說曾紅極一時，享譽中外，如今竟也時過境遷，張、林二人的文學史待遇何其迥異。

10 林語堂《吾國與吾民．序》（台北：風雲時代，一九八九），頁二。

11 《吾國與吾民》，頁五。

12 趙毅衡：〈林語堂：雙語作家寫不了雙語作品〉，《雙單行道——中西文化交流人物》（台北：九歌，二

中文夾纏不清是翻譯問題，可是林語堂並非沒有中文能力，他的寫作是以中文開始，自己的英文作品大可自譯或重寫，不像當代旅美華裔作家哈金，雖懂中文，卻堅持只以英語寫作。他自己不談這個問題，倒讓這事變成歷史公案。《生活的藝術》跟《吾國與吾民》一樣是為西方讀者而寫，內容針對西方讀者口味，文字呢，用趙毅衡的話講，如果是「缺少可譯性」，最好不翻譯，要不就得是絕佳的翻譯。令人不解的是，林語堂以英文寫的小說和散文，在台灣均以中文出版，一律打上「林語堂」之名，不註名譯者，如此一來，所有的功過全算到林語堂名下，譬如以下的文字：

> 對於樹木的領略是較為易解的，並且當然是很普遍的。房屋的四週如若沒有樹木，便覺得光禿禿的如男女不穿衣服一般。樹本和房屋之間的分別，祇在房屋是造成的，而樹本是生長的。凡是天然生長出來的東西總比人力造成的更為好看。[13]

這段囉嗦、冗贅而辭不達意的文字錄自《生活的藝術》，跟本文起始所引用的《八十自敘》簡單詩性的概括性文字，相差何止千里。小說有故事和情節，文字瑕疵造成的衝擊不及散文嚴重。散文是敘事的藝術，非常仰賴文字的精采度和精準度。《生活的藝術》既然譯成中文，就必須放在中文作品裡被評比，看它是否能在中國文學史的長河經得起沖刷。然而無論是《吾國與吾民》或《生活的藝術》，大概都沒有意識到文學史評價的問題。按照林語堂率性的行事作風推測，或許他也不那麼嚴格要求翻譯的水準。

撇開《生活的藝術》的讀者取向和翻譯問題，其次，我們應該討論形而上的「幽默」和「閒適」的生活態度。林語堂多次論及幽默，〈論幽默〉分上中下三篇，可見林語堂對「幽默」的重視。此文強調幽默非舶來品，實乃中國文化傳統。於是在他筆下，幽默除了具有西方血統之外，尚能溯源中國的正統，從孔孟開始，戲曲、傳奇、小說、小調皆為幽默之根源，等於是以西洋的主張套在中國的文化上，且無限上綱。具備理論基礎後，剩下實踐問題：實現幽默的載體，便是散文小品。不過林語堂的閒適小品，夏志清並不欣賞，甚至連他以中文寫的小品都沒有好評價：

> 如果我們翻閱林語堂這個時期的中文作品就會發現，他的銳利式的、怪論式的警句，雖然很精采，但他所寫的英國式的小品文，除了故意雕琢的妙論之外，從來沒有達到「性靈」的高度境界。在對抗左派批評以拱衛自己地位的時候，林語堂當然得依靠西

○○四），頁九七。

13 林語堂：〈享受大自然．論石與樹〉，《生活的藝術》，頁二九八。

方的文化遺產，但是他沒有嚴肅的文學趣味和知識標準，只是鼓吹他個人所熱衷的無關宏旨的一類事，如幽默、牛津大學的學術自由、煙斗、蕭伯納，以及美國流行雜誌裡坦白實事求是的作風等等。他的雜誌，因此也成了那些只敘述個人和歷史瑣事的作家，或者以研究中西文學來消閒的作家的庇護所。[14]

夏志清的批評重點在於林語堂的文學趣味沒有深度，提倡幽默或自由之類的性靈說、個人主義充其量只是「消閒文學」，學西方只得皮毛，林的小品有佳句無佳構，靈光一閃式的玩世警句根本說不上性靈，一言以蔽之，林語堂的小品「淺薄」得很。這就得回到前面所說的「通人」觀點。時勢使然，通人不只要古今兼通，更要中外兼備，跟林語堂同樣可以在「中西交流史」上留名的胡適，根據余英時的評語，是「起點和終點都是中國的考證學」[15]。考證學講的是實事求是，有一分證據說一分話，胡適走的是考據學之路，然而時代風潮趨向「務博」，他對哲學、宗教、文學、科學都有興趣，胡適身後亦有人說他「淺出」而不能「深入」，陳平原在〈專家與通人〉一文指出，「就志趣與性格而言，胡適傾向於『通人』；而就訓練與才情而論，胡適則更接近於『專家』。因外在環境不斷轉移；但『務精』兼『務博』這一悲壯的努力一直沒有完全放棄」[16]，陳平原此文論胡適在專家與通人之間的擺盪，胡適對自身的反省與時代風潮的拉鋸成為那時代期許很高的知識分子代表。胡適的悲壯也在此，他很有自知之明，自稱「余失之淺者也。不可不以高深矯正之」，於是一會兒要「屏絕萬事，專治哲學」，卻仍然對詩詞和白話文興緻勃勃[17]，於是他寫的《中國哲學史大綱》和《白話文學史》，始終只有上卷。

誠如陳平原所論，胡適的訓練與才情更接近「專家」，深以把學問做淺了而自責。林語堂卻是以沒有受過學院式的哲學訓練為傲，「觀察一切也似乎比較清楚，比較便當」[18]，這段引文後半段語意不明，總而言之，他憑直覺下判斷，不喜歡學術訓練，讀書也很隨性，《八十自敘》他這樣表白：

> 他什麼書都讀。希臘、中國和現代作家的作品；宗教、政治、科學，無所不包……看不起一切統計學——視為探求真相的一種不安全的辦法，也看不起一切學院術語——

14 夏志清：《中國現代小說史》（上海：復旦大學出版社，二〇〇五），頁九四。

15 余英時：《中國近代思想史上的胡適》（台北：聯經，一九八四），頁七二。

16 陳平原：〈專家與通人〉，《中國現代學術之建立》（台北：麥田，二〇〇〇），頁一六六。

17 以上轉述陳平原〈專家與通人〉觀點，頁一六二—一七八。

18 林語堂序《生活的藝術》（台北：風雲時代，一九八九），頁三。

視為缺乏精細了解的掩飾之道。[19]

從個性上講，林語堂隨性、不受束縛，不喜歡體制，他提倡以自我為中心，除了時代環境之外，顯然跟他的個性也有呼應之處；他喜歡閒談，也把寫小品文視為閒談，閒談沒有拘束，天南北地，是感官的享樂和生活的樂趣，因此也就不可能微言大意，或深刻有系統的批判和組織[20]。

林語堂把他欣賞的思想家或作家全都收編到「享樂主義」底下，孔子、陶淵明、蘇東坡、金聖歎、李笠翁都被他視為能從生活中尋找到樂趣的生活家。他的文學觀亦是以小見大，從瑣細的生活中品察人生細微的樂趣，試比較他在〈論小品文的筆調〉兩段文字便可證明：

> 蓋誠所謂「宇宙之大，蒼蠅之微」，無一不可入我範圍矣。此種小品文，可以說理，可以抒情，可以描繪人物，可以評論時事，凡方寸中一種心境、一點佳意、一股牢騷、一把幽情，皆可聽其由筆端流露出來，是之謂現代散文之技巧。
>
> 本刊之意義，只此而已，即同於《論語》所云「集健談好友幾人，半月一次，密室閒談」，至談話內容與題材只看各位旨趣之高下耳。宇宙之大，萬象之繁，豈乏談話材

料。或談古書，相與勗勵，而合於「相與觀所尚，時還讀我書」之意。或談現代人生，在東西文化接觸，中國思想劇變之時，對於種種人生心靈上問題，加以研究，即是牛毛一樣題目，亦必窮其究竟，不使放過。21

第一段引文論小品的題材和技巧，特別強調「流露」，也就是直覺和隨性；第二段是《人間世》的刊稿要求，跟他對小品的要求一致，仍然再次強調「談話」的隨性，要而言之，林語

19 林語堂〈一捆矛盾〉《八十自敘》（台北：風雲時代，一九八九），頁二。

20 這種觀點跟中國學者王兆勝完全相反，錄下他的觀點僅供參酌：「一般人總以為，林語堂是歡樂的，是一路唱著歡歌走來的，有研究者甚至以為林語堂太過甜膩，缺乏內在的深刻性，其實這只是表面現象。從以上的分析可見，林語堂的生命底色是悲劇式的，它帶著徹底的絕望，而這既與他的人生經歷有關，更與他對中西文化中悲劇精神的借鑑和吸納密不可分。在林語堂看來，不論東方文化還是西方文化，它們對人生本質的悲劇性認識是一致的。這是人類理性的自覺和清醒，是人類智慧的充分顯現」，引文見王兆勝《林語堂兩腳踏中西文化》（北京：北京出版社，二〇〇五），頁九〇。王兆勝至少有三本論林語堂的專著，對林語堂的喜愛自不待言，他對林語堂的觀點對比那些以為「林語堂是歡樂的」研究者，正好符合林語堂對自身的歷史評價：「一捆矛盾」。

21 林語堂：〈論小品文的筆調〉，收入《二十世紀中國文學史文論精華》，頁七〇—七一。

堂從個性到散文觀點都一如他所言「我要能隨便閒散的自由」[22]。夏志清說他辦的雜誌，是敘述個人和歷史瑣事的作家，或者研究中西文學消閒作家的庇護所，那確實就是林語堂要的風格。至於林語堂的「性靈」在生活的實踐，根據林太乙所寫的《林語堂傳》和《林家次女》所建立的紙上形象，倒是個透著未泯童心的大頑童。

生活上的幽默大師，是否經得起文學長河的沖刷，他在歷史上的評價如何，定位在哪裡，是後世研究者的工作。至於林語堂自己，或許就如同他在封筆之作《八十自敘》的自述（如果讀者相信作者誠實無欺）：拒絕定義／定位，留給歷史「一捆矛盾」吧！

參考書目

Lin, Yutang. *My Country and My People*（《吾國與吾民》）, New York: Reynal & Hitchcock, Inc.（A John Day Book）, 1935.

Lin, Yutang. *The Importance of Living*（《生活的藝術》）, New York: Reynal & Hitchcock, Inc.（A John Day Book）, 1935.

王兆勝：《林語堂的文化選擇》（台北：秀威，二〇〇四）。

王兆勝：《林語堂兩腳踏中西文化》（北京：北京，二〇〇五）。

余英時：《中國近代思想史上的胡適》（台北：聯經，一九八四）。

林太乙：《林家次女》（台北：九歌，二〇〇五）。

林太乙：《林語堂傳》（台北：聯經，一九九七）。

林語堂：《八十自敘》（台北：風雲時代，一九八九）。

林語堂：〈論小品文的筆調〉，收入王鍾陵編《二十世紀中國文學史文論精華》（石家莊：河北教育，二〇〇〇）。

林語堂：《生活的藝術》（台北：風雲時代，一九八九）。

林語堂：《吾國與吾民》（台北：風雲時代，一九八九）。

林語堂：《我的話》（台北：志文，一九八〇）。

林語堂：《金聖歎之生理學》（台北：德華，一九八〇）。

林語堂：《啼笑皆非》（台北：遠景，一九七九）。

林語堂：《談人性》（台北：風雲時代，一九八九）。

施建偉：《幽默大師林語堂傳》（台北：業強，一九九四）。

范培松：《中國現代散文史》（蘇州：江蘇教育，一九九三）。

22《八十自敘》，頁四。

范培松：《中國散文批評史》（蘇州：江蘇教育，二〇〇〇）。

夏志清：《中國現代小說史》（上海：復旦大學出版社，二〇〇五）。

高　鴻：《跨文化的中國敘事——以賽珍珠、林語堂、湯亭亭為中心的討論》（上海：上海三聯書店，二〇〇五）。

趙毅衡：《雙單行道——中西文化交流人物》（台北：九歌，二〇〇四）。

劉炎生：《林語堂評傳》（南昌：百花文藝，一九九七）。

鍾怡雯：《無盡的追尋——當代散文的詮釋與批評》（台北：聯合文學，二〇〇四）。

龔鵬程、陳信元編：《林語堂的生活與藝術研討會論文集》（台北：台北市文化局，二〇〇〇）。

歷史文本的影像化
——余秋雨散文的敘事策略

余秋雨的《文化苦旅》（一九九二）和《山居筆記》（一九九五）這兩本散文集出版之後深受好評，其由歷史的重量和文化的厚度鎔鑄而成的書寫特色，在標榜「易讀」、「速讀」、以商業消費為主流的出版界，仍然以「異軍」的強勢姿態一版再版。其次，余秋雨的散文雖以遊記為書寫的起點，但是終極目標卻是藉著文化現場的還原表述其對歷史和文化的觀察。此外，余秋雨的散文文化空間的影像化處理，以及其與歷史對話的方式，都是值得探索的方向，本文擬就這兩個方向來論述其散文的敘事策略。

一、從「身」歷其境到「神」歷其境：文化歷史空間的還原

《文化苦旅》所處理的歷史文化題材，表面上是因「人」的平面流動（旅行）而起，實則這一和人文地理的交流，同時也是縱向與歷史對話的過程。地理所蘊涵的人文精神才是吸引他深思的所在，這些散文正是在人、歷史和自然交融之後的成果。對歷史文化的批判和再詮釋是《文化苦旅》和《山居筆記》的共同主題，但是後者所處理的課題更龐大，時空也更廣闊。余秋雨也意識到在《文化苦旅》時期，其描述模式還是一種像遊記散文的寫作方式，然而到了《山居筆記》，則已經能掌握住身臨文化現場時所融化的情感，並且體會到空間和時間上的大問題，再以這兩者和自身的生命連結[1]。《文化苦旅》是因人文地理的觸發，「身」歷其境式的書寫多於「神」歷其境；《山居筆記》則直奔中國的文化歷史，引向更龐大的歷史難題，乃至並不需要「身」歷其境的觸發媒介，如〈歷史的暗角〉、〈遙遠的絕響〉、〈十萬進士〉等，是藉著與古人／歷史的對話，「神」歷其境的成果。然而不論是「身」歷其境或者「神」歷其境，其書寫都是以個人的主體經驗延展至群體、國家乃至古老文化的總體內容，集體記憶擴大了個人的空間意識，於是旅行便成為文化反思的路程。作者的旅行並非單純的出遊，而是試圖讓生命、學問和山水相結合，使其敘述提升至文化的向度，藉以重構個人所認為的歷史面貌。

這裡我們看到人文科學（歷史）和文學如何被置換的弔詭。傳統定義下的歷史本來是對具體事物／事件的客觀描述，因此它和要求具「歧義性」和「可能性」的文學可以說是相對的，我們普遍接受歷史是記實而文學是虛構的概念。然而，即使是歷史學家，當他試圖從歷史素材／事件經篩選以後，以語言把「歷史」呈現出來時，他也必須要使用柯林伍德（R.G. Collingwood）所說的「建構的想像力」（constructive imagination）或康德所謂的前想像力（a priori imagination），以便為歷史事實提供可行的解釋。因此歷史和文學之間的界線並非那麼截然分明的，歷史敘述其實也與文學一樣具有「想像」的成分．正如弗來（Northrop Frye）所宣稱的：「每一個文學作品都具有虛構面和主題面」。但是當我們從「虛構的投射」轉到公開地說出主題，寫作便傾向於「直接論述或是直接推論，不再成為文學了」。弗來認為歷史屬於「話語寫作」的範疇，當虛構的成分——或神話情節結構——在歷史中明顯地存在時，它不再是歷史而變成雜交的文類，成為歷史和詩歌結合之後的產物[2]。余秋雨以文學

1 朱國珍記錄：〈文學，是旅行的落腳點——余秋雨「旅行與文學」演講記錄〉，《中國時報．人間副刊》一九九六年十二月二十八日。

2 Hayden White著，張京媛譯：〈作為文學虛構的歷史本文〉，收入張京媛編：《新歷史主義與文學批評》（北京：北京大學出版社，一九九三），頁一六二。

語言建構的歷史面貌，遊走在知性和感性的比例邊緣的試驗，正是弗來所謂在歷史情境中置入虛構的成分，使其成為歷史和詩歌結合之後的產物（文學）——散文，從公開的說出主題式的「直接論述或是直接推論」（歷史論文），轉到「虛構的投射」式的迂迴書寫（歷史散文）。

於是收入在《文化苦旅》的散文儘管是「身」歷其境的產品，我們看到余秋雨的終極關懷仍然是文化課題，其書寫方式是「還原」歷史場景，以「虛構」（相對於歷史的「真實」）的情節取代論述，因此我們處處可看到類似電影的影像化敘事。在〈道士塔〉中，作者便還原一九〇〇年的時空到了敦煌，並且在現場和王圓籙並時性共處，在王道士粉刷洞壁的時候，他甚至試圖遏阻以改變歷史，儘管這一舉動終究沒有付諸行動，但是他的意識活動卻確實的和王道士相互交流，並且換來了王道士「滿眼困惑不解」[3]，或者我們可以說，這一段「虛構」的插曲並無法扭轉已成定局的歷史，但是卻增強了敘述的虛構和「文學性」，淡化了歷史書寫的記實。透過和王道士共在同一場景的畫面還原，表達了作者對王道士強烈而徒勞無功的批判。〈狼山腳下〉第二小節寫駱賓王和宋之問的相遇一景，余秋雨亦還原駱宋二人相遇的場景——月下的杭州靈隱寺，從宋之問的詩思滯塞到駱賓王以「樓觀滄海日，門對浙江潮」啟其靈感，余秋雨都是以全知觀點作畫面式的處理。歷史不但被置換為文學的敘述，同時再經過影像化的處理，知性於是融入感性的文字裡，以影像化的畫面，和讀者作最直接的對話。

對於余秋雨而言，其筆下的「地方」並不僅僅是一個客體，它被視為一個意義、意向或感覺價值的附著點，一個動人的、有感情附著的焦點；一個令人感覺到充滿意義的地方[4]，這種「地點感」（placeness）就是使自然景觀轉為人文景觀的關鍵。因此余秋雨所至之處，所有的自然景觀，無論是莫高窟、江南小鎮、西湖、蘇州、柳州或是陽關等地，由於深厚的歷史積累所構成的文化意義，於是常常便促使個體挖掘自然景觀背後的人文價值，如〈都江堰〉實際上是借景寫「李冰」。他所建的水利工程解決了整個四川的基本問題——旱澇。長城儘管宏偉，然而在和時間角力賽中，它卻輸了，如今長城早已失去防禦功用，成為純粹的「歷史」，而都江堰卻戰勝了時間，至今仍在造福無數的民眾，使四川成為天府之國，這一切都要歸功於李冰的政治才能。因此自然景觀（都江偃）的作用，是在催生人文反思。在〈陽關雪〉中，余秋雨提到他尋訪白帝城、黃鶴樓和寒山寺，和許多的遊客一樣，肇因於民族集體記憶：「為童年、為歷史、為許多無法言傳的原因。這種焦渴，簡直就像對失落的故

3 余秋雨：《文化苦旅》（台北：爾雅，一九九二），頁五。

4 Allen Pred著，許坤榮譯：〈結構歷程和地方——地方感和感覺結構的形成過程〉，收入夏鑄九、王志弘編譯：《空間的文化形式與社會理論讀本》（台北：明文，一九九四），頁八六。

鄉的尋找，對離散的親人的查訪」[5]，與其說他們是去尋景，不如說是尋詩，因為從小就能背誦的詩景早已在「心頭自行搭建了」[6]。由此我們發現，小時候讀詩時景物隨文字的顯影過程，和余秋雨散文藉由文字而重構文化空間的敘事策略是有連貫性的。伴隨著文字而自行「搭建」景物的特色，也是本節所謂余秋雨散文影像化敘事的特色，正如他在〈洞庭一角〉所說的「先是景觀被寫入了文章，再是文章化作了景觀」[7]，景觀和文章是一個雙向互動的過程。這種來自中國讀書人對古文化自覺的追尋，物我合一生命情境的追求，在余秋雨的散文中構成其「雄渾」（the sublime）的書寫特色。

雄渾這一美學概念的最早提出，是在約公元一世紀時的朗占納斯（Longinus）。但是朗氏的《論雄渾》（*On the Sublime*）這一文探討的主要是針對演說而來的「修辭雄渾」（the rhetorical sublime），自然雄渾的部分則是其後經過法國和英國的批評家的發揮和擴展，到了十八世紀的康德，則把雄渾理解為一種自然事物的無邊廣大與我們的官感和理解能力的相互作用過程。當我們面對體積或數量龐大的自然景象或自然力量驟然的衝撞之下，驚慌失措地察覺到本身的渺小與脆弱，因而產生了一種包含驚恐與畏懼的「霎時的抗拒」。這種情感並且會在轉眼間被眼前無比宏大的景觀所懾服，內心因而產生一股雄渾浩蕩之氣概。這種「數量雄渾」（the Mathematically Sublime）和「動力雄渾」（the Dynamically Sublime）經由感悟而轉化成文字，便是作者修辭的宏大格局，以及論述的廣闊視野和宏偉氣度。

檢視《文化苦旅》和《山居筆記》所呈現的雄渾風格，則會發現前者的修辭雄渾較明顯，而《山居筆記》除了因題材所需的修辭雄渾之外，由於題材的宏大格局，其思考模式和論述視野也相對的廣闊和深邃。在修辭雄渾方面，收入《文化苦旅》書的〈莫高窟〉所採用的潑墨式寫法最能展現其精神。

余秋雨以色彩的流速和線條的變化來表現每個朝代的繪畫特色，其文字的流動和變化以及迂迴曲折，就像大片大片的色彩在歷史的長河裡或急或緩的揮霍。例如寫北魏「青褐色的渾厚的色流，那應該是北魏的遺存．色澤濃厚沉著得如同立體，筆觸奔放豪邁得如同劍戟。那個年代戰事頻繁，馳騁沙場的又多北方驃壯之士，強悍與苦難匯合，流瀉到了石窟的洞壁」[8]；到了隋朝那個崇尚華麗的時代，「色彩開始暢快柔美了」[9]；到了唐代「色流猛地一下渦漩捲湧……人世間能看到的色彩都噴射出來，但又一點兒也噴得不野，舒舒展展地納入細密流利的線條，幻化為壯麗無比的交響樂章……不管它畫的是什麼內容，一看就讓你在心

5　《文化苦旅》，頁二六。
6　《文化苦旅》，頁二五。
7　《文化苦旅》，頁八二。
8　《文化苦旅》，頁一七。
9　《文化苦旅》，頁一八。

底驚呼，這才是人、這才是生命……我們的民族，總算擁有這麼一個朝代，總算有過這麼一個時刻，駕馭如此瑰麗的色流，而竟能指揮若定」[10]；五代到宋朝則又是和整個時代的氣質相吻合、漸趨素樸的風格。

余秋雨書寫所產生的現場感力量十足，彷彿色彩鋪天蓋地向讀者掩來，壁畫的雄渾美感穿越時空直透文字。這一篇散文的陽剛之美，正如姚鼐在〈復魯絜非書〉所說的：「其得於陽與剛之美者，則其文如霆、如電、如長風之出谷、如崇山峻崖、如決大川、如奔騏驥；其光也，如杲日、如火、如金鏐鐵」。這些雄渾的意象，正可挪用來形容余秋雨散文修辭的雄渾風格。即便是寫廢墟，也把它提升到歷史的高度。廢墟的存在意味著人文歷史的延續，保留廢墟同時就是保留歷史，保留悲劇，因為「沒有悲劇就沒有悲壯，沒有悲壯就沒有崇高……中國人要變得大氣，不能把所有的廢墟驅走」[11]，其最終的目的是要保留可以令人獲致「崇高」和「大氣」的媒介，而這兩種情感都是雄渾書寫的範疇。

《山居筆記》則在《文化苦旅》較偏於修辭雄渾的基礎上，推展到整體架構，這包括主題、時空向度和思考的廣度，正如他在《山居筆記》的〈台灣版後記〉所說的「只想藉著《文化苦旅》已開始的對話方式，把內容引向更巨大、更引人氣悶的歷史難題」[12]。這種宏觀的書寫，首先表現在其命題。「千年庭院」、「十萬進士」、「一個王朝的背影」等大氣魄的題目，首先拉開了一個遼闊的敘述空間和宏觀的思考方向。

〈千年庭院〉是寫岳麓書院在中國教育史上的意義。朱熹、張栻、王陽明曾在這裡講學，王夫之、陶澍、魏源、左宗棠、曾國藩等都是這個書院的學生。這個書院的存在，意味著教學、學術研究和文化人格這三者的融合。一個存在了一千多年的古老書院，以千年的時間說明了教育對一個民族的重要。然而岳麓的最大意義，乃在保持了教育和學術的自由，其地理位置（在名山上）意味著文化的傳遞和研究所需的獨立和超越精神，「民辦官助」的辦學方式既不受體制的約束，又能獲得官府的支援。然而既便是這樣，這個庭院也未能長久。這似乎已成定律——高蹈的人格和神聖的事業在中國的文化史上，終究要面對最無情無理的挫敗，「我們這個文明古國有一種近乎天然的消解文明的機制」[13]。當余秋雨第一次到訪，正是紅衛兵掀起毀學狂潮的時候，書院的空曠和寥落，徒引人唏噓。然而書院的精神卻總也不死，千年以後，余秋雨以接受文化（學生）和傳遞文化（教師）的使命自許，遙契當年文化史上那批和岳麓書院緊密相連的生命，於是庭院便成了人文精神的象徵，「我們擁有一個

10《文化苦旅》，頁一八一一九。
11《文化苦旅》，頁三六七。
12 余秋雨：《山居筆記》（台北：爾雅，一九九四），頁四〇八。
13《山居筆記》，頁一四〇。

庭院，像岳麓書院，又不完全是，別人能侵凌它，毀壞它，卻奪不走它。很久很久了，我們一直在那裡，做著一場文化傳代的遊戲」[14]。這就是余秋雨的雄渾風格——其敘述總是朝向宏觀的歷史視野，抽離具體的存在而指向不受限於時空的抽象思考。

〈十萬進士〉所處理的是一個中華文明既長且久的課題——科舉。在時間上，它橫跨一千三百年；在文化上，這個制度是一個悖論：既造就了一大批人才，如王維、柳公權、賀知章、呂蒙正、文天祥等等，也同時扭曲了社會心態。本來是為了杜絕科舉之外不正規的晉升途徑，卻反而使得整個社會視之為功名誘惑，把科舉看成你死我活的政治惡戰。余秋雨以「十萬」數量之大喻讀書人投入之眾（同時也指讀書人被科舉埋沒之眾），他所處理的又是穿越幾個朝代的宏觀課題，批判的是整個民族在選拔管理人才制度上的諸多缺失。然而在二十世紀尚未建立一套完整的考試制度前，我們無法完全否定它。這個課題顯然太駁雜太龐大，所牽涉的層面太廣泛，余秋雨長篇大論之後，最後不得不下一個沒有結論的回顧：「科舉實在累人。考生累、考官累，整個歷史和民族都被它搞累」[15]，其視野仍然回歸到整個民族和科舉幾千年來釐不清的糾葛。

〈蘇東坡突圍〉以蘇東坡的個例批判中國社會自卑而狡黠的覬覦心態，其著眼點仍然指向中國奇特的社會機制：越是超時代的文化名人，越不見容於他所處的時代。蘇東坡所突破的「圍」，乃是由「文化小人」所築。這種文化小人存在於每一個時代，因而蘇東坡的個例實際上是最好的取樣／榜樣，寫蘇東坡就是寫每一個不見容於時代的文化名人／文學家，於是在被押解的長途中，「蘇東坡在示眾，整個民族在丟人」[16]。經過太湖時如果東坡自殺成功，「那麼，江湖淹沒的將是一大截特別明麗的中華文明」，「小人牽著大師，大師牽著歷史」[17]。余秋雨不但還原一個畸形的文化空間，更把蘇東坡的形象以誇張的比喻放大，於是便顯得東坡的偉大，小人的低微，以及整個中國文明的畸形。

余秋雨似嫌在這篇以蘇東坡為主角的散文中，小人並未寫得盡興，而專闢〈歷史的暗角〉來專門挖掘每個朝代專司破壞文化、而卻每每被歷史學家忽視的重要現象。「小人」被當成一個文化課題來書寫，顯示出余秋雨獨特的文化視角和敏銳的觀察，「在關注一系列重大社會命題時，順便把目光注意一下小人」[18]，以這樣一句避重就輕、輕描淡寫的敘述做為《山居筆記》的壓軸，於是前面的宏篇巨構頓時籠罩了一層歷史的暗影，它逼得讀者不由得不去思索這群伴隨中華文明幾千年、卻被忽視的小人在歷史上的地位。余秋雨對歷史和文化

14《山居筆記》，頁一四三。
15《山居筆記》，頁三二一。
16《山居筆記》，頁九九。
17《山居筆記》，頁一〇〇。
18《山居筆記》，頁三九五。

的態度，可以用在他在〈一個王朝的背影〉所宣稱的，是檢視「自己心底從小埋下的歷史情緒和民族情緒，有多少可以留存，有多少需要校正」[19]。無論是「身」歷其境或是「神」歷其境，由於「境」本身的歷史厚度與深度，於是便催生與之同等高度的雄渾書寫，其最終效果，也同時在提升書寫者的精神，達到對話的目的，正如他自己說的，是試圖「在更高的層面上把自己找回」[20]，這也正是其與歷史對話的最佳註解。

二、與歷史的對話

余秋雨對「歷史」的書寫方式，是新歷史主義所謂的「歷史的敘述」或「歷史修撰」（historiography），他所突出的是歷史的「文本性」（textuality）。當歷史成為文本，它也就受制於文本闡釋的規則，換而言之，闡釋者的觀點決定了歷史文本的意義。在這方面，最明顯的例子是〈天涯故事〉。

〈天涯故事〉寫的是余秋雨心目中的海南島歷史。海南島對流放者而言，是最壞的打算，也是最嚴厲、最絕望的所在。這個位於中原最南方的島嶼，它後無退路，前面與大陸又隔了一道海，孤立的地理位置預示了它特殊的文化個性。余秋雨認為海南島的歷史靈魂是女性文明和家園文明。這種獨特的文明特色溫和而寬容，它重視的是「生命」和「生活」，落實對動植物、世俗和人間的關懷，於是李光、蘇東坡、海瑞都在這個地方得以盡情舒放他們的真性情，它把一個個流落到這裡的英雄和敗將都還原為平靜的普通人。這個女性文明正好對比出中國「過於漫長的歷史，過於發達的智謀，過於囂張的激情，過於講究的排場」[21]。余秋雨所闡釋的海南島歷史，使我們看到敘事如何成為解碼和重新編碼的過程。他以女性文明和家園文明這兩個觀點重構新的敘事模式。這個新的敘事模式不只像歷史學家那樣記錄事件在轉化過程中「發生了什麼」，而是重新「描寫」事件系列。所謂「描寫」，指的在與歷史對話的過程中，以想像來建構細節，以比喻性語言重新詮釋原來的歷史，並在這闡釋的過程中彌補歷史的縫隙。這種敘事在〈一個王朝的背影〉裡則是對「民族正統論」的批判。我們從小被包圍在許多極不公平卻習焉而不察的社會規範中，余秋雨試圖從承德的避暑山莊去剖視整個「漢」民族自大又矛盾的心態。他在表述一組事件時所使用的解釋性效果主要來自文學性書寫，這種書寫模式是他在《文化苦旅》和《山居筆記》與歷史對話時一貫使用的策略：追溯歷史的「方式」遠較追溯其「真象」更為重要，更何況歷史並不存在一形而上的真

19《山居筆記》，頁五。

20《山居筆記》，頁一。

21《山居筆記》，頁二四九。

象或真實，一切都是語言的闡釋結果。

〈抱愧山西〉的主題旨在彌平山西給人的刻板印象。余秋雨從官方記載的《汾州縣志》和《太谷縣志》得知這個地方土地貧瘠，民多而田少，如果按照常理推斷，這個地方一定是個民不潦生的所在。然而恰恰相反，自然環境欠佳卻正是促成山西人經商致富的原因。中國近代史上最富有的省分和金融中心，不是一般人所認為的上海、北京、廣州等，而是山西。余秋雨的山西之旅，並不單純只是為了消除這個普遍存在的誤解，而是探究其原因，「誤解容易消除，原因卻深可玩味，我一直認為，這裡包含我和我的同輩人在社會經濟觀念上的一大缺漏，一大偏頗，極須從根子上進行彌補和矯正」[22]。於是對〈走西口〉這首民謠的理解從離開貧困的家鄉到口外去謀生，變成是到口外去經商致富的總體性象徵。「山藥蛋派作家」對山西人民貧窮和反抗的描寫，以及被當成中國農村貧窮代表的大寨這些誤導性的印象，經過思考角度的重新調整後，在〈抱愧西山〉裡得出相反的結論。

這個現象可以說明同一事件從不同角度處理的結果是迥然相異的。孤立的事件內容並不決定歷史的真實，「事件」本身是中立的，一切的書寫始於闡釋者如何以自己的價值判斷，以「文學操作」把一系列的事件編碼之後，向讀者展示事物的真正模式。余秋雨對山西的「愧」疚是促成他尋找「歷史」的原因——山西富裕的關鍵是在其商業人格的特殊性，然而即使有這種「把商人做純粹」[23]的強悍個性，卻依然無法抵擋外在社會歷史——太平天國和辛亥革命的強大衝擊。山西的衰落也不過是近幾十年的事，一般人所理解的僅僅只是後面這截片面的歷史，卻把它當成山西的整體印象，這是余秋雨所亟於澄清的事實。

余秋雨與歷史對話的方式，幾乎都以「先類型情節結構」（pregeneric plot structure）的敘述方式進行。所謂「先類型情節結構」就是在以語言表述歷史之前，就已經決定了要以某種特定的書寫形式使歷史更具合理性和說服力，從而取得與讀者溝通的最好橋梁，這個特定的書寫形式就是散文的敘述類型，他認為「在人生的無常感和天地的滄桑感當中，散文家超越了小說家的情節鋪陳，而關懷到更高一層人類文化變遷前後的歷史關連，甚至於宏觀到人與自然的關係，而其動人的高貴之處也正在此」[24]。這種溝通方式，余秋雨稱之為「如同橋梁般的使命」（同前引）。所以在兩本散文集中，我們發現歷史在余秋雨的散文裡以影像化的客體再現，其與歷史的對話具有認識、審美和道德這三個層面。審美這個層面涉及余秋雨散文的語言影像化特色，第一節已經交待，不再重複。至於認識層面乃是指在某些歷史史料的表述，如在〈風雨天一閣〉裡范欽成立天一閣的史料鋪陳。但是這並不是余秋雨散文的中

22《山居筆記》，頁一五一。

23《山居筆記》，頁一六四。

24《中國時報・人間副刊》一九九六年十二月二十八日。

心，他主要是藉范欽的例子表述「一個成功的藏書家在人格上至少是一個強健的人」[25]，這層和道德相關的訊息。書寫人物的篇章，余秋雨的最終目標都毫無例外的指向其文化人格，如〈筆祭墨〉演繹的是書法和書法家的人格關聯；〈道士塔〉痛惜的是缺少文化人去管理那樣一個珍貴的洞窟，而讓王圓籙這等無知之輩讓中國人背負了沉重的恥辱；〈蘇東坡突圍〉所「突」的是中國獨特的歷史小人所築的「圍」，「突」顯的是其高尚的文化人格；〈十萬進士〉批判的矛頭指向科舉對知識分子人格的扭曲；〈遙遠的絕響〉追慕魏晉之際，那幾位在黑暗政治裡以昂貴的生命代價保全文化人格的名士，認為他們為中國的文化史做了悲劇性人物的奠基。

從余秋雨散文對歷史和文化的敘述，我們發現文學也可以是一種參與塑造歷史的能量（a shaping power）。在歷史論述的「真實」和小說創作的「虛構」之間，散文的敘述場域無疑提供了他突出歷史文本多角度詮釋的空間。在傳統的感性散文融入歷史文化的知性反思後，其散文呈現的是歷史論述文學化的效果，這種在知性和感性的比例上所做的邊緣性實驗，無疑開拓了散文書寫的廣闊領域。

參考書目

Allen Pred著，許坤榮譯：〈結構歷程和地方——地方感和感覺結構的形成過程〉，收入夏鑄九、土志弘編譯：《空間的文化形式與社會理論讀本》（台北：明文，一九九四），頁八一—一〇三。

Hayden White著，張京媛譯：〈作為文學虛構的歷史本文〉，收入張京媛編：《新歷史主義與文學批評》（北京：北京大學出版社，一九九三），頁一六〇—一七九。

王建元：《現象詮釋學與中西雄渾觀》（台北：東大，一九九二）。

朱國珍記錄：〈文學，是旅行的落腳點——余秋雨「旅行與文學」演講記錄〉，《中國時報．人間副刊》一九九六年十二月二十七—二十八日。

余秋雨：《山居筆記》（台北：爾雅，一九九四）。

余秋雨：《文化苦旅》（台北：爾雅，一九九二）。

盛　寧：《新歷史主義》（台北：揚智，一九九五）。

陳慧樺：《文學創作與神思》（台北：國家書店，一九七六）。

顏忠賢：《影像地誌學》（台北：萬象圖書，一九九六）。

25《山居筆記》，頁一八八。

從莫言《會唱歌的牆》論散文的暴露與雄辯

莫言散文集《會唱歌的牆》的出版，為讀者提供了不少解讀其小說的密碼。小說家筆下魔幻多變的高密東北鄉，在這本散文集裡除去神秘的面紗，直接面對讀者。小說家不寫他人的故事，轉而寫自己的傳奇。如果寫小說的莫言是說書人，那麼，寫散文的莫言顯然暴露了說書人的秘密，滿足了讀者的偷窺慾和好奇心。

閱讀小說家的散文，總是令人欣喜若狂——從散文直接印證小說，小說家的個性和成長背景，彷彿在散文裡再也隱藏不住。散文，成了小說家不說謊的真實記錄。我們相信散文的「真實」，習慣在散文裡尋找作家的身影和生活，我們要求散文家面對讀者時，必須坦誠相對，最好變成暴露狂，讓散文讀者充分享閱讀的愉悅。正是這種一絲不掛的要求，把散文推到一個絕對的角落，閱讀散文的愉悅，大部分也來自這種偷窺慾的被滿足。

然則，散文的「真實」是哪一種真實？散文絕對沒有虛構的成分嗎？毫無疑問，像莫言散文那樣暴露自己的大膽演出，對讀者有致命的吸引力（至少筆者是如此）。我們為他不顧形象的大膽演出喝采，但是同時，也得警惕散文設下的閱讀陷阱。其次，莫言散文的魅力，也來自他滔滔雄辯／歪辯的雄渾，這是莫言的小說和散文所以讀之令人「痛快」的原因，亦是與同輩的蘇童所呈現的陰柔風格最不同之處。俞文豹《吹劍錄》論及蘇東坡的風格時，曾說學士詞須關西大漢，執銅琵琶，鐵綽板，唱大江東去。俞文豹的說法頗可以迻用到莫言的散文，不同的是，莫言較東坡多了一分農民的粗野和俚俗，他論瀟灑、罵人、饑餓、洗澡的快樂，都自成一套歪理，被歪理說服的時候，千萬別忘了，莫言小說家的身分。

鄭明娳的《現代散文構成論》對現代散文的文類特質多有論述[1]，不少創作者亦有零散的散文見解，例如林語堂認為散文可以寫宇宙之大，蒼蠅之微。這是純就取材的自由而論。汪曾祺認為散文可以大事化小，小事化無，乃是他個人對散文的審美要求。楊牧認為現代散文有一項特質，是西洋文學和古代散文幾乎夢想不到的是，它能「化有為無」也能「無中生有」。楊牧「無中生有」，是以詩論散文，因此特別重視的想像力，也似乎可以走得更遠，延伸到散文的虛構問題，余光中從一九七〇年代論散文的彈性、密度和質料，到後來要求散文的知性和感性，乃至以風格即人格作為散文的特質：

正如法國作家畢豐所言：「風格即人格。」在一切文體之中，散文是最親切、最平實、最透明的言談，不像詩可以破空而來，絕塵而去，也不像小說可以戴上人物的假面具，事件的隱身衣。散文家理當維持與讀者對話的形態，所以其人品盡在文中，偽裝不得。[2]

余光中認為詩是靈感的乍現，小說則純屬虛構，惟獨散文與讀者的距離最近，而且奉行風格人格合一的圭臬。或許對余氏而言，詩確實是羚羊掛角，無跡可循，然則詩是否僅是靈感的乍現，詩人們或有不同的意見。以親切、平實、透明論散文，是特別強調散文和讀者的距離最近，因此得出中國傳統文論中以「人品」論文品的結論。然而筆者比較傾向於把人品換成「性情」，胡蘭成有所謂散文單是寫性情的說法，雖非放諸所有散文皆準，大體上卻最接近

1　鄭明娳《現代散文構成論》乃就散文的基本構成條件立論，可視為散文美學，是為散文「體」的思考，但是關於散文的實際批評架構，也即「用」的理論架構，仍是十分貧乏。在論及散文理論時，她表示散文理論的建立，是一件極為困難的工作：「現代散文的理論——不僅止於構成理論——的建立，實是一件極為困難的工作。在國外西方文學史中，散文一直不被承認為重要文類，自然不會有理論家為這個文類建構理論。在中國現代文學的發展中，現代詩與小說都一直普受理論家的關懷。只有極少數人注意散文，更少人關心散文理論的建立……」（鄭明娳：《現代散文構成論》（台北：大安，一九八九），頁二七六）。

2　余光中：《藍墨水的下游》（台北：九歌，一九九八），頁一五。

散文的特質。也因此，所謂「文如其人」，其實最適用於散文。

余氏謂散文理當維持與讀者對話的形態，顯然強調一種無所隱藏的書寫態度，筆者稱之為暴露的美學。既然是美學，換而言之，它不能只是大膽的揭示，還牽涉到如何暴露，也即方法的問題。莫言《會唱歌的牆》之所以讀之令人痛快，主要原因是暴露得法——他毫不諱言自己粗野、鄙俗，坦言自己相貌醜、喜歡尿床、嘴饞手懶，在家族中是最不討人喜歡的一員，且以嘲弄自己和自我解嘲為樂。暴露之外，他尚且善於雄辯，散文作者自有其詮釋世界、面對人事的獨特方法，以及獨特的處事哲學，並由此而形成自己的筆下風光，莫言雖不吝暴露，但他也知道如何以雄辯收拾暴露的結果。

莫言散文一再處理「吃」的主題，他幾乎命定地以為這一生所有的恥辱都與吃有關。寫吃，其實是寫他對食物的慾望，「對飢餓的人來說，所有的歡樂都與食物有關」[3]。目前飲食文學在台灣文壇蔚為風潮，美食文化對照求飽的原始慾望，也對比出不同的散文審美趣味。當我們熱切討論什麼樣的食物最能挑動味蕾時，莫言在乎的是如何填飽肚子。

為了吃，莫言不惜把自己降到與動物同等的位置：「所謂的自尊、面子都是吃飽了之後的事情」、「如我這種豬狗一樣的動物，是萬萬不可用自尊啦、名譽啦這些狗屁玩意兒來為難自己的」[4]，對與莫言同輩的創作者而言，飢餓不是新鮮的主題，吃與歡樂同等重要也不是新鮮的論點，但要放得下身段承認自己對食物永遠的不飽足感，且把自己等同於畜牲，卻非每個創作者都做得到。這兩段引文是莫言小說一貫的卑賤化書寫，也是一貫的自我解嘲方式，從農民的角度去演繹吃的負面：飢不擇食，吃相難看，以及貪吃。他寫自己貪吃似乎還帶著點欣賞的態度，好像在觀賞別人的演出，以一種散文創作者最常出現的自戀自棄態度。他認為自己貪吃是宿命，而且有理直氣壯的理由：吃飽之後才能談自尊和面子。他自小就會搶東西吃，因為吃招來親戚的蔑視連帶令母親難堪，也從吃衍伸出吃的傳奇——魯迅筆下吃人的禮教變成現實生活中的吃人悲劇，也由此可知莫言《酒國》所寫的紅燒嬰兒也許魔幻，卻有幾分寫實。

吃的主題在莫言筆下，不只是小說，連散文都有點魔幻。譬如吃煤炭，煤炭嚼起來杳而脆，據說吃完了還可以回收，排洩物扔到爐子裡還會著火，等於廢物利用。冬天時把青苔揭起烘乾，據說那像鍋巴一樣好吃；青苔吃完了，吃樹皮，最好吃的是榆樹，其次是柳，再次的是槐。這些敘述看來比較像是莫言小說裡的魔幻世界。小說家安貝托．艾柯（Umberto Eco）在他的文論《悠遊小說林》裡提到：「作者不僅應將真實世界作為寫作時的藍本，同

3 莫言：《會唱歌的牆》（台北：麥田，二〇〇〇），頁一三七。

4 《會唱歌的牆》，頁七二。

時也應不斷介入，透露讀者也許不知道的真實世界林林種種」[5]，艾柯談的是小說裡的真實和虛構，他認為虛構世界附生於真實世界。相較於小說，更接近真實的散文在莫言的筆下反而像虛構，讀到這裡也許我們要問：煤炭真的能吃？榆樹皮真的比槐樹皮好吃？然而這是散文，艾柯說的：「即便在真實世界裡，信任的原則和真相的原則也是同等重要」[6]。我們只好暫時選擇相信，相信散文裡的真實才能往下讀。

文革後期，生活條件漸漸好了，但靈魂還是餓的，送飯給祖父母時，莫言一定掀開飯盒偷吃。家裡有好吃的，也千方百計地要偷，控制不住自己吃多了，就乾脆把剩下的吃掉，挨罵就是。這是變相的貪吃，完全拋卻人的禮義廉恥，回到動物的本能。他寫吃肉的感覺，「吃完了，胃承受不住，一股股的葷油往上湧，嗓子眼像被刀割著一樣疼痛」[7]，原來極度的快感和痛感（痛快）是一體之兩面。對於食物，莫言總是有一套特殊的感受方式。《吃事三篇》的第一節不寫飢餓，反倒招供自己因好吃而招致的種種羞辱，也一重一重地剝除自己的自尊，他自認「常人貪吃是下賤，英雄貪吃是瀟灑」[8]。一個被餓過的鄉下（高密東北鄉）大漢在北京，甚至比不上一條狗。莫言把最珍貴的肉丟給餐館老闆的狗吃，純粹出於討好的心態，歸咎原因，是農民的自卑心理在作祟。非但這「位」（莫言對狗的尊稱）狗不領情，老闆娘也把他罵了一頓，據說這位從法國運回的狗食是專業配方，胡亂吃肉會打亂牠的內分泌。故事從人比狗賤開始，接下來的故事是一連串因吃人嘴軟、大吃、吃相不雅而惹來朋友的嘲笑，故意吃斯文些又被朋友取笑「用兩只門牙吃就能吃出一個賈寶玉來似的」[9]，要求他本色些，「林黛玉也是要坐馬桶」[10]的。

散文寫到這裡頗有插科打諢的意味，不離小說家說故事的「本色」。然而閱讀散文的愉悅也來自這裡，我們「相信」散文的真實，我們「相信」作家莫言寫的是真人真事，因為他選擇了散文這個文類，讀者「相信」莫言確實為了吃可以死皮賴臉不顧一切，莫言把自己的醜陋的一面揭示出來了，大膽的暴露滿足了讀者的偷窺慾，也從而取悅了讀者。因為相信，所以我們享受了閱讀的愉悅。

安貝托．艾柯提到，閱讀是有條件的，我們必須接受這個條件才可能相信文本的敘述。閱讀不同的文類時，我們接受不同文類的閱讀契約。譬如只有閱讀寓言的時候，我們才可能接受野狼開口說話。我們可以挪用艾柯的想法到散文的閱讀，散文的閱讀契約是，我們同意

---

5 安貝托．艾柯著，黃寤蘭譯：《悠遊小說林》（台北：時報，二〇〇一），頁一二七。

6 《悠遊小說林》，頁一二二。

7 《會唱歌的牆》，頁七六。

8 《會唱歌的牆》，頁一〇四。

9 《會唱歌的牆》，頁七一。

10 《會唱歌的牆》，頁七一。

散文的真實，讀者一開始就不會決定進入虛構的世界。就好像小說的閱讀契約是，我們同意虛構世界裡的真實一樣。小說家張大春說過，在小說世界裡，我們同意「信以為真」的原則。在讀者反應理論裡，卡勒（Jonathan Culler）認為文學的讀者可以理解文本，乃是因為內化的一個解釋原則和規範系統，這和艾柯說的閱讀是有條件的一樣，如果閱讀小說是「信以為真」，那麼散文根本沒有「以為」——它「就是」真的。

當散文作者虛構的時候，我們還能信守散文是真實的閱讀契約嗎？這當中必須釐清的是真實（real）和現實（reality）的不同。羅蘭．巴特曾借用心理學大師拉崗的見解說，現實是指現成就在那裡的東西，指一個固定的物象，所謂真實，是指所闡述的東西，乃是包含主體活動的過程。我們說的真實，是指當下敘述的真實，從創作者的角度來看，散文是真實的，但它不是現實，所以不是現實的反映。只是從創作者的角度來看，散文是真實的這個認知，其實反而更方便創作者虛構。

莫言散文所敘述的真實世界虛虛實實，其散文具有濃厚的說書特質，譬如關於故鄉那口池塘，以及放牛蛙和白蓮的傳說；九個啞巴姐妹和一個伶牙俐齒的弟弟；會唱歌的牆的傳奇……也由此可以推測，莫言的散文極可能逾越到小說的領域裡採取題材，「故鄉留給我的印象，是我小說的魂魄，故鄉的土地與河流、莊稼與樹木、飛禽與走獸、神話與傳說、妖魔與鬼怪、恩人與仇人，都是我小說的內容」[11]，連散文都有故鄉濃厚的影子，因此莫言雖然一再說要超越故鄉，卻似乎脫離不了故鄉的強大吸著力。連到了德國，他也覺得德國狗陰沉，家鄉的狗比較熱情，德國狗是人的玩物，家鄉的狗是人的朋友。

莫言原始而粗獷的散文，草莽性十足，也充滿昂揚的生命力，從他對潘金蓮的分析可以理解，其實他很欣賞潘金蓮這類型小說人物的潑辣和蠻勁。或許潑辣和蠻勁也是生命能量的表現，他以罵人為題，認為罵人的狀元首推潘金蓮：

她老人家可不跟你遮遮掩掩，一張口就直奔主題，離不開襠中物和它們的行狀。這些話儘管不是好話，但沒有這些話也就顯不出潘金蓮那個潑勁。[12]

莫言散文最精采之處除了大膽暴露之外，其次是雄辯。雄辯的內容不是什麼人生大道理，也不是家國大事，通常是一些奇思妙想，譬如罵人、洗澡、洗腳或是睡覺之類再平常不過的日常生活，而在日常瑣事中發出妙論和高論。例如在稱讚潘金蓮擅長罵人之後，他意猶未盡的說潘金蓮並不是罵人的頂峰。他曾聽過鄉下女人站在自家平台上對罵連續一個小時以上，罵

11《會唱歌的牆》，頁一一九。
12《會唱歌的牆》，頁一〇九。

的內容都繞著生殖器打轉，「她們的天才就在於連續罵上一小時，也不會重複一句話。如果誰重複了，誰就等於失敗」[13]，莫言認為她們是罵人的頂峰。但是罵人的高論還在後面，他到了北京，發現這個文明首府罵起人來就是那幾句，不只沒有文采，也沒有風度。在莫言的審美觀裡，似乎連罵人也關乎一個民族的想像力和生命力，由此可知他為何那麼欣賞擅長罵人的鄉下老娘和潘金蓮。

莫言散文擅長的雄辯風格，或許也可視為生命力和想像力的展現。在〈雜感十二題〉中共有三題論瀟灑，先說李白的瀟灑是在不當官當了酒鬼之後，阮籍的喝酒裝瘋也是一種瀟灑，但這兩人的瀟灑都比不上他們家鄉的一個乞丐，過年時家家戶戶接財神，乞丐覺得所有的財神都被接走了，剩下窮神實在太寂寞，就把窮神接回家，莫言認為這乞丐比李白和阮籍都來得瀟灑。可見莫言連審美趣味也都望向民間——論瀟灑，高雅的文人比不上一個要飯的。

至於睡覺，他認為那是和吃飯一樣重要的人生課題（但顯然沒有吃飯重要，二者的篇幅比例頗有差距）。要睡得香、睡得甜、睡得沉、打雷放炮也驚不醒。他一共列出四個還算合乎常理的好睡準則，但是關於不能做虧心事這條，卻有一個但書，也即職業流氓、職業強盜、職業奸商這些專做壞事的人，「他們如果失眠，絕不會是因為幹了一件壞事，而很可能是幹了一件好事」[14]。這個看法似是而非，重點在於觀點的提出，不在是非對錯，在散文閱讀規範裡，我們遵循相信的原則——相信壞人做了好事會睡不著。

莫言寫俚俗的題材多了，也表示想寫高雅的東西：「我也很想讓自己文章透露出一點貴族氣息或是進步氣息，但烏鴉怎能唱出鳳凰的聲音？禿鷹怎能走出仙鶴的舞步？」[15]，這表白表面上看是自嘲，其實正像四川詩人翟永明在散文集裡說的，散文是一種自戀自棄的書寫風格，莫言自揭瘡疤是一種自棄，但未嘗不可視作更為巨大的自戀，自戀自棄本是一體之兩面。他到德國去，狗唯獨吠他，朋友取笑他連狗都知道他不是好人，莫言卻得意許久，理由是「除了我以外，那天同去的其他人，連狗都懶得理他們」[16]，這是辯解，把嘲笑當恭維，也是由自戀自棄衍生的自信。自戀自棄本是構成散文風格極為重要的因素，因為散文大體上是寫性情，這就好像莫言的貪吃、吃相難看，是他的本色／特色一樣。

莫言擅長寫平民俚俗的生活，也常用鄙俗不入流的語言，這種民間的魅力來源和巴赫汀（Mikhail Bakhtin）的狂歡化理論可謂不謀而合。巴赫汀重視民俗文化，更直接地再現了大眾文化對感官愉悅的追求，以及俚俗平民的日常生活面，強調生命的創造性和開放性。在正

13《會唱歌的牆》，頁一一〇。
14《會唱歌的牆》，頁一〇六。
15《會唱歌的牆》，頁七八。
16《會唱歌的牆》，頁一四〇。

統文化裡被視為鄙俗、下流和淫靡的肉體感官慾望的追求，巴赫汀卻賦予它積極向上、富有生機的意義，例如飲食、性愛、排泄、死亡等所描寫所構成的、與肉體相關的事件；其次是笑話，公眾廣場的俗語和粗鄙不入流的話語，巴赫汀認為這是大眾文化之中的精華而非糟粕。

莫言的散文風格其實正體現了巴赫汀所提出的兩個特色，一是俚俗平民的日常生活，其次，則是所謂粗鄙不入流的話語，譬如一篇題為〈漫長的文學夢〉的散文，他一開始卻說起自己從小穿開襠褲的經驗，因為在班上的年齡最小，因此同班同學常欺負他，往他褲襠裡塞東西。有一次被老師叫到講台唸文章，唸到「生氣蓬勃的竹筍衝破壓力鑽出地面時」[17]，課堂上立刻就有人笑岔了氣，因為「生氣蓬勃的竹筍衝破壓力鑽出地面」恰好戲擬了莫言穿著開襠褲，也因此讓他成了一個笑話。老師到他家裡勸他母親給縫上褲襠之後，因為經常把腰帶結成死結，便用了一條哥哥的腰帶，腰帶太鬆，曾在兒童節的全校大會上背課文時當場掉了褲子。打乒乓球時一用力，褲子立刻就落到腳踝。這種把自己當笑話的例子在這本散文集甚多，例如在〈超越故鄉〉一文中，他則敘述了盛夏時分掉入糞坑，灌了一肚子糞水的糗事。

這類取自童年經驗的題材往往是莫言最擅長的，令讀者捧腹的其實不只是題材，還來自莫言在這類題材穿插的對話，荒誕不經的嬉笑和調侃。或許書寫的過程是一種治療的過程，莫言和海明威一樣，認為不幸的童年是作家的搖籃，他坦承「由於我相貌醜、喜歡尿床、嘴饞手懶，在家族中是最不討人喜歡的一員，再加上生活貧困、政治壓迫使長輩們心情不好，所以我的童年是黑暗的，恐怖、飢餓伴隨我成長」[18]，童年的陰影在書寫中被消解，只不過莫言的治療過程是暴露不幸，並把不幸轉化成歡笑的泉源，以戲謔的方式傳達給讀者。

莫言的語言形象（image of language）特別具有民間（農民）的思維特色，譬如他認為自己是用工筆寫文章，但是要把四十幾年吃過的東西都羅列出來，那「不如吃耗子樂拉倒」。這說法乍看有些突兀，但大剌剌的充滿原始的語言魅力。莫言回憶自己當兵之後第一次大口吃肉吃饅頭時，那種過癮的感覺是「啥叫幸福？啥叫感激涕零？啥叫欣喜若狂？這就是了。這頓飯吃罷，我們幾個新兵，走起路來都有些搖搖晃晃，吃豬肉吃醉了。我個人的感覺是肚腹沉重，宛若懷了一窩豬崽。二十年來第一次，就此逝世也不冤枉」[19]。把吃了豬肉的飽足感視為懷了豬崽，不只具有農民的戲謔而粗野，而且還透出真正被餓過的人，肚子被填飽時的滿足感。一連串的問號，尤其能表達出醉了的人那種搖晃感覺。第二天再對著大白

17《會唱歌的牆》，頁四〇。

18《會唱歌的牆》，頁一七六。

19《會唱歌的牆》，頁九〇。

饅頭和紅燒肉，「我們開始羞答答，挑揀瘦肉吃，吃起來也有些文質彬彬了。管理員罵道：原以為來了幾條梁山好漢，卻原來也是些鬆包軟蛋」[20]。無論是「梁山好漢」對比「鬆包軟蛋」或是「羞答答」、「文質彬彬」，都具體而微形象化他們吃得溫良恭儉讓的斯文模樣。對比第一天的狼吞虎嚥，尤能顯出第二天他們慢條斯理的吃法。這種高度概括性的語言來自民間，莫言的散文不像余秋雨那樣，以知識分子的角度和立場重新去詮釋／書寫歷史，他的散文趣味汲取的是農村的營養。

陳思和在論及當代文學時，特別提出「民間」的概念，是指其包含民主性的精華與封建性的糟粕交雜在一起，構成獨特的藏污納垢的形態。所謂的藏污納垢，其實應該包含來自農村並非雅的、不高尚的生活形態，甚至是保守的傳統民間審美趣味，但卻是充滿活力的，自在的生活態度。

陳思和定義的「民間」包含兩個層面：「第一是指根據民間自在的生活方式的向度，即來自中國傳統農村文化的方式和來自經濟社會的世俗文化的方式來觀察生活、表達生活、描述生活的文學創作視界；第二是指作家雖然站在知識分子的傳統立場上說話，但所表現的卻是民間自在的生活狀態和民間的審美趣味，由於作家注意到民間這一客體世界的存在並採取尊重的平等對話而不是霸權態度，使這些文學創作中充滿了民間的意味」[21]。這概念正呼應巴赫汀的狂歡化理論，二者都強調民間活力，也同時都有和官方價值相頡頏的意味，作家以民間的生活向度來表達生活，所觀照的不是傳統知識分子憂國憂民的家國意識，而是把眼光往下看。回顧莫言的小說，他的題材也一直都在民間徘徊，高密東北鄉的系列作品正是來自民間的價值觀和歷史觀。

莫言的散文亦是如此，譬如他認為最好的睡眠環境應該是在雨夜，雨打花葉和狗的叫聲為伴奏，床上是新曬過的被褥，桌上一支紅燭高照，看書看倦時，有體態輕盈的小狐狸送來一壺滾燙的紹興黃酒，外加一碟花生米和豆腐乾。然後欣賞小狐狸的明眸皓齒，不知不覺把酒飲盡，最後雙雙上床相擁相眠。這段夢想也是綺想／奇想，表達的是一種農民或小老百姓的審美趣味，可以補入《聊齋》自成一章。其他如寫村民砍一棵活了幾百年的老樹，樹倒了，砍樹工人死的死，傷的傷，這故事根源也是農民常有的泛靈論。

有趣的是，當我們認為莫言的暴露、自揭瘡疤已經滿足讀者的偷窺慾，雄辯才能已經充分取悅了讀者，他卻仍然強調「作家在利用自己的親身經歷時，總想把自己隱藏起來，總是要將那經歷改頭換面，但明眼的批評家也總是能揪住狐狸的尾巴」[22]。這段話莫言針對的是

20《會唱歌的牆》，頁九〇。
21 陳思和：《還原民間：文學的省思》（台北：三民，一九九七），頁一二六。
22《會唱歌的牆》，頁一七七。

他的小說，在小說裡頭他反而想隱藏，或是改寫，那麼，他為什麼反而在散文裡暴露得那麼自在？

這是一個有趣的難題，而且答案也可能不止一個。或許我們應該再回到真實與虛構的討論，就像艾柯說的那樣，虛構世界是附著在真實世界之上，小說並不比散文虛構，莫言筆下的高密東北鄉，據他的表白「現實中的故鄉與回憶中的故鄉、與我用想像力豐富了許多的故鄉已經不是一回事。作家的故鄉更多是一個回憶的往昔的夢境，它是以歷史上的某些真實生活為根據的，但平添了無數花草，作家正像無數的傳說者一樣，為了吸引讀者，不惜地為他夢中的故鄉添枝加葉」[23]，我們接受莫言視小說作者為「傳說者」的理念。只是基於散文讀者慣有的偷窺慾，我們好奇的是，既然莫言如此自覺地意識到讀者的存在，他是否（自覺或不自覺）會為了吸引讀者而開放暴露的尺度，而讓散文和小說同樣有「添枝加葉」的情況？作為散文讀者，無論如何，我們信守閱讀契約——相信散文敘述的真實。

參考書目

安貝托．艾柯著，黃寤蘭譯：《悠遊小說林》（台北：時報，二〇〇一）。

余光中：《藍墨水的下游》（台北：九歌，一九九八）。
莫　言：《會唱歌的牆》（台北：麥田，二〇〇〇）。
陳思和：《還原民間：文學的省思》（台北：三民，一九九七）。
鄭明娳：《現代散文構成論》（台北：大安，一九八九）。
鍾怡雯：《莫言小說：「歷史」的重構》（台北：文史哲，一九九七）。

23《會唱歌的牆》，頁一八八。

帝國餘暉裡的拾荒者

——論董橋散文

專欄是香港文學的特色，充滿時代感的短小形式，具有強烈的消費和市場性格，除了言情、歷史、武俠、推理、科幻小說連載之外，數量最多的是專欄雜文／散文，或稱「框框雜文／散文」。混合著隨筆、雜文、小品、時事評論等多種形式的即時消費文字，以短小篇幅承載輕薄內容，娛樂、飲食、文化、男女、財經等等無所不包，是當下生活的立即反映。專欄散文／雜文是非常值得討論的議題，有的被視為流行文化的載體，通俗文學重要的一環，都市文化中的商品文學，有流行感而無文學性，也有的被置於天秤另一端，視為「嚴肅的香港文學」，評價兩極[1]。

1 香港的專欄討論，可參考黃維樑〈香港專欄通論〉、朗天〈附錄：面對現實‧具體批判——回應黃維樑董橋的專欄正是誕生在以流行文化／通俗文學為主流的香港。其散文／雜文涵蓋天文地理，出入古今，可謂無所不包，以其旁徵博引之筆悠遊流行文化、經濟財經、政治科學、文學文化和哲學領域。討論語文問題，特別能見出董橋的中西學養。《明報》專欄結集而成的《英華沉浮錄》，跋語嘗言：

> 《英華沉浮錄》是以語文為基石的文化小專欄，既有舊時月色的影子，也有現代人事的足跡，走筆之際，往往妄想自己一下子脫胎換骨，變得才雋而識高，采博而鑑細，小題文章也能透入神竅。[2]

大體而言，這段夫子自道確實可以概括董橋的為文態度，強調「學、識、情」的散文／雜文基礎，自然背離大眾／流行文學的美學要求。柳蘇在〈你一定要看董橋〉斷言：「董橋的散文不僅證明香港有文學，有精致的文學，香港文學不乏上乘之作，不全是『塊塊框框』的雜文、散文……董橋可以說就是香港」[3]。「董橋可以說就是香港」或許言之太過，然以「精致文學」而非「大眾文學」定位董橋，卻是不爭的事實。董橋百科全書式的散文，顯然是寫給「識貨」的讀者看的。柳蘇說「你一定要看董橋」，說他是香港名產，卻又為他在香港（此文發表於一九八九年）沒有相應的知名（或是市場反映吧！）叫屈，其實，那正是精致文學在流行文化的必然位置和「正常」現象。

異於《英華沉浮錄》的雜文筆調，董橋在《壹週刊》所寫專欄收入《從前》，故事性強，議論少而感懷多，懷舊記往之作，風格明顯異於《明報》時期的雜文和隨筆，而更傾向於傳統散文。因此討論董橋，必須放在廣義的散文定義下方能窺見全豹，他筆下的雜文、小品、隨筆，以及所謂狹義的散文（或稱「純散文」）皆須納入討論範圍之內，以下為討論之便，使用「散文」一詞。

《英華沉浮錄》於二〇〇〇年在台灣的遠流出版社出版，從原來的十冊重編成六冊，從新編的書名《鍛字鍊句是禮貌》、《給自己的筆進補》可約略窺見董橋對文字的關注。原來的「英華」二字則可見其出入中西（西者，指的是英國）的「比較文學／文化」背景。董橋生於晉江，在一歲時遷居曾是荷蘭、英國殖民地的印尼，負笈台灣讀的是外文系，曾謀食於

〈香港專欄通論〉〉、也斯〈公眾空間中的個人論說——談香港專欄的局限與可能〉，均收入盧瑋鑾編：《不老的繆思——中國現當代散文理論》（香港：天地圖書，一九九三）。亦可參考梁秉均編：《香港的流行文化》（香港：三聯書店，一九九七），其中有專文討論香港專欄。

2 董橋：《紅了文化，綠了文明》（台北：遠流，二〇〇〇），頁二五三。

3 柳蘇：〈你一定要看董橋〉，收入陳子善編：《你一定要看董橋》（上海：復旦大學出版社，一九九七），頁一一三。

倫敦，而今定居香港。這樣的經歷看來十分洋派，彷彿董橋應該用流利的英文，而非典雅的中文寫著現代感的隨筆和小品。然而董橋的生命情調卻比較接近五四作家，胡適、周作人和林語堂等人一派，受洋派教育，用白話文寫現代人的生活，骨子裡卻是中國老式文人的教養，舊文化是他們的底子。〈媚香樓裡的捉刀人〉自稱是在藝術品中長大的一代：

> 家學和良師外，跟舊書、舊人、舊物因緣深厚，該是我的中文底子。[4]

這段文字一連用了三個「舊」字，正可溯源董橋的散文譜系——背後那個聯繫著古老精神文明的精致世界，早已被歷史的毀滅性風暴化為廢墟的貴族生活，明清小品的文人趣味，士大夫的生活美學，五四時代知識分子出入古今中外的語文造詣，物的收集者鑑賞者守護者，這些消失在高度商業化香港社會的「舊」，被文革革掉的「舊」，當代創作者缺乏的「貴族血統」，使董橋散文暈染著古老帝國的餘暉。他筆下的線裝書、藏書票、古董、字畫、印章等與時代脫節的前現代產物，是構成董橋內在經驗的要「物」。

「物」是討論董橋散文的一個重要關鍵。它可以形而下的解釋為具象之物，即收藏品。「物」的意義卻不止如此，「物」尚且構築成一道圍牆，把「外部世界」還原為「內在世界」，過去化為現在的堡壘；其次，「物」也是折射層，構成作品和現實世界之間的再現關係，折射出董橋帶著古老色澤的散文。

董橋對「物」的熱情，令我們想到「拾荒者」班雅明（Walter Benjamin, 1892-1940）。不同的是，班雅明過著不事生產的拮据生活，收集書之外（他一度想開一家舊書店），收藏的是一些玩具、明信片之類的「無價」（沒有商業價值）瑣碎之物，不折不扣是個落拓的拾荒者。董橋從事的是與時代緊密相依的媒體業，安穩的生活條件容許他收藏「無價」之物，甚至發出布爾喬亞式的感嘆：「至今痴愛竹木玉石雕成的文玩，花掉太多心力財力」[5]。

唐諾在〈唯物者班雅明〉指出，班雅明對人的拯救，是包含於物的拯救之中：

> （物）把人從分類秩序中（如市場）分離出來，讓他不再只是使用價值，或甚至只是交易價格，從而讓人恢復了人的完整尊嚴及其價值。[6]

---

4 董橋：《給自己的筆進補》（台北：遠流，二〇〇〇），頁一八八。

5 董橋：《竹雕筆筒辯證法》（台北：遠流，二〇〇〇），頁三。

6 唐諾：〈唯物者班雅明〉，收於班雅明著，張旭東、魏文生譯：《發達資本主義時代的抒情詩人：論波特萊爾》（台北：臉譜，二〇〇二），頁二一。

對董橋而言，物也有這樣「讓人恢復人的完整尊嚴及其價值」的意義，尤其像董橋這樣眷戀「舊」時代的寫作者，又身居吞吐資訊的媒體要職，「物」所構築的城牆之內是一座象徵性的後花園，既是休憩的所在，也是推離後現代這場毀滅性風暴的隱蔽之地。「物」把人從市場分離出來，建立起與當代／現實的籓籬：

> 收藏者的態度是繼承人的態度。在這種收藏中，靈魂徜徉在過去的精神財富之中，這個過去是其生存的土壤。像一個在商品世界中漫步的遊手好閒者，收藏者在這裡得到閒暇的滿足。[7]

這段文字恰可以用來說明董橋，一個在商品世界中漫步的「遊手好閒者」。現實世界的董橋當然不是「遊手好閒者」，只有棲身物的世界，遊手好閒者的身分才能誕生。從這個意義來看，遊手好閒者指的是「收藏者」。他首先必須是抽離現實的漫遊者，漫「遊」在「物」的世界中，從過去的土壤吸收養分。因此「物」所建構的城牆，形同董橋沉思的後花園。沒有這座後花園，董橋無從抒發「華麗而高貴的偏見」[8]；月旦人物、褒貶時事的從容和自信，除了源自家學之外，必須隨時從現實補充養分。養分的來源，仍是舊人、舊事、舊物。董橋就像是班雅明從波特萊爾散文中發現的拾荒者。

「拾荒者」的意義有二，一是指董橋的舊物收藏，比較接近戀物者；二則是撿拾被大都會鄙棄之物，再重新整理，分門別類。這些鄙棄之物，對董橋而言，就是繁雜的資訊，他可能從數百條新聞裡撿出一兩條，用學養去發展、延伸出「董橋式的觀點」，那「華麗而高貴的偏見」。高貴，是因為有士大夫式的美學與舊文化底子。例如〈Notting Hill浮想〉說：「我很偏見，老覺得美國電影滲進一些歐洲意識形態常常更見深度」[9]，董橋的偏見顯然來自文化深淺的比較，跟含蓄內斂，像個滄桑中年的歐洲比起來，美國當然是年輕淺薄的少年。〈還王度盧一個公道〉就有這樣的告白：

像我這樣的老鬼，時髦的言情小說是看不下去了；有詩為証的章回小說也嫌妖嬈……王度盧的作品以乾淨的現代白話寫古典的鄉土風情，剛陽照悲情，鐵肩擔道義，個中文化鄉愁倒是很可以細細尋味了。[10]

---

7 陳學明：《班傑明》（台北：生智，一九九八），頁三四—三五。
8 楊照：〈華麗而高貴的偏見——讀董橋的散文〉，收入董橋：《董橋精選集》（台北：九歌，二〇〇二），頁一七。
9 董橋：《心中石榴又紅了》（台北：未來書城，二〇〇一），頁七二。
10 董橋：《回家的感覺真好》（台北：未來書城，二〇〇一），頁四〇。

王度盧的小說符合董橋喜歡的「很老很老的故事，很舊很舊的人物」，「文化鄉愁」更是其散文的基調。在華洋雜處講廣東話的香港，文化鄉愁自然只有從文學和藝術中找，這也符合董橋認為文學的基調是遺憾——他筆下的那種「遺老氣」，正建立在遺憾上。〈時代太新太冷了〉感嘆「時代確是太新太冷，我收到一封手寫的信竟像跟相好重逢，會開心幾天。人都快如複製了，真希望接吻這樣古老的語言不會太快過時」[11]，書和朋友自是老的好，如此不與時人同調的言論，正如他筆下的蘇東坡，一肚子不合時宜。

筆起筆落之際，出入古今之際，蒼蒼英倫街頭的一些老牌匾紛紛迎風搖曳，飄散的是老店的霉味和報人的書香。[12]

愈是懷舊和思古，董橋愈覺得自己讓電腦和網路狂潮弄得更像古人。這種打從心裡的固執堅持，卻是董橋散文風格的來源。林文月在〈董橋其人其文〉所勾勒的董橋是西化、商業和娛樂的香港對立面，古典、文化而精致[13]，換言之，董橋繼承了中國的文人傳統。

跟班雅明一樣，董橋也是在傳統沒落之後，「在它（傳統）的碎片上漂流」[14]。這些碎片對董橋這類踩在帝國餘暉裡的高雅拾荒者而言，就是那些文物珍玩。舊時代不再，惟有透過「物」，去摹想追懷，〈水聲樹影舊橋邊〉寫因校對之誤，「董橋」成了「舊橋」，他覺得

「反倒隱約描出煙雨江南的幽深情景，出版社錯得雅致」[15]，抒情筆調一轉，董橋把古典的想像接到當下的政治：

近來特區政府適逢多事之秋，特區首長彷彿運交華蓋，有挺董，有倒董，我這姓董的小市民感同身受，偶爾飄飄然，偶爾戚戚然，暗地裡常常祈求祖先顯靈，佑我舊池台，傳我舊家風。[16]

這句話是典型的董橋式句子，故紙堆藝術品中長大，「舊」到骨子裡的董橋，是中國傳統的繼承者。在華洋雜處的香港，傳統不斷壞毀，董橋每日在新聞的前線對著充斥病語病句的文章和報導，說話不得體的官員，忙於寫短文捉字虱之餘，可想而知，他是如何懷念那「踩著

11《心中石榴又紅了》，頁七一。
12《回家的感覺真好》，頁七一。
13 林文月〈董橋其人其文〉，收入《心中石榴又紅了》，頁二六一。
14 張旭東〈班雅明的意義〉，收入《發達資本主義時代的抒情詩人：論波特萊爾》，頁四七。
15《回家的感覺真好》，頁七二。
16《回家的感覺真好》，頁一一五。

歷史走回傳統的歷程」[17]。

如何踩著歷史走回傳統？很大的支持力量來自那些散發著帝國餘暉的收藏，他像個拾荒者在廢墟中挑選流逝世界的遺物，那是文化傳承的部分，「收藏真的是大有大買、小有小玩。……我認識不少中、港、台三十出頭到五十開外的人業餘沉迷集藏，出得起大價錢的不少，萬兒八千的怡情文物才是他們的目標，而且都親自去找去碰運氣。那是文化傳承的遊戲了」[18]，於是我們終於理解，何以董橋筆下一再出現和文革相關的主題。從《這一代的事》到《英華沉浮錄》，文革是其中一個主要的題材，尤其《從前》所感所記的文革人事，他那帶著感傷懷舊的筆調，令人感受到傳統已成廢墟。他甚至發出憤慨的批判：「中共搞這場浩劫摧殘大半個中國的人物和事物……在上一輩人這樣婉約溫潤的風釆之下，那些共幹的嘴臉一定更顯得像狗屎了」[19]。作為上個時代留下的碎片，古物是用來「留個念想」，以發思古之幽情。

必然要有這些傳統的碎片，或藏書票、字畫、古書用以怡情養性，把現實暫時隔離在外。「閒」，是文人不可缺少的生活，「『閒』是學問。閒而無趣，那是糟塌情致；閒而空疏，不啻褻瀆性靈」[20]。從「閒」、「情致」、「性靈」這幾個概念來看，董橋散文的美學可上溯明朝公安派等人，他們的小品既要求文章建立在「博學而詳說」，同時也以士大夫式的閒情逸致避免文章的道學氣，增加散文的性靈。董橋亦十分重視文章的靈氣：

> 中國人學藝講究學養。這兩個字英文殊難迻譯。胸中積學，養成靈氣，那確實比死在前人的框框裡要好。[21]

學養是寫作的基礎，是靈氣的來源，那是因為董橋的散文基本上是以「知識」為骨幹的知性散文，知識要以靈氣潤養，二者結合，方成其大。這神秘主義似的要求接近公安派的「獨抒性靈，不拘格套」。因此雖然董橋要求「文字以經世致用之學為根基，當然要比一味空疏虛無可取」[22]、「文字必須追求更高的專業水平」[23]，這類乍看「載道」，與「天生的性情決定作品的品味」[24]天才論（「雖在父兄，不可以移子弟」）的觀點矛盾，其實是董橋強調的「學

17《回家的感覺真好》，頁七一。
18《心中石榴又紅了》，頁二三七。
19《心中石榴又紅了》，頁二一八。
20 董橋：《鍛句鍊字是禮貌》（台北：遠流，二〇〇〇），頁一八九。
21《鍛句鍊字是禮貌》，頁八九。
22《竹雕筆筒辯證法》，頁四。
23《鍛字鍊句是禮貌》，頁三三一。
24《竹雕筆筒辯證法》，頁二二一。

養」，既有先天（包括遺傳、家學）也有後學。

董橋令人聯想到周作人，不只是因為他喜歡周作人的書和字，〈「美麗的錯誤」〉表示自己曾摹仿他的筆調，覺得他的隨筆寫得有個人風格。[25]實際上，他博學而詳說的散文，也輕易的令人聯想到周作人。楊照在〈華麗而高貴的偏見——讀董橋的散文〉說：

這一千字的篇幅設計，是很『香港』的輕薄短小。然而背負沉重中西知識傳統，『文人氣』很深很醇很厚的董橋，其實是輕不來也薄不來的。於是他半自覺半強迫地，走上了『隨筆』、『小品文』的路子，大量向西方的 essay 傳統，以及中國到周作人戛然而止的小品文寫作，汲取養分。[26]

楊照指出董橋「背負沉重中西知識傳統」和「文人氣」，以及尾隨周作人走向隨筆的路子，確實沒錯，然而董橋的散文基調毋寧更接近另一位也背負著中西知識傳統，文人氣外加名士氣的散文大師林語堂。周作人的沖淡散文其實壓抑著苦味和火氣，那是整個時代的苦悶，動蕩的政局和沒什麼進展的五四文學革命都令周作人鬱悶，那沖淡的生存方式純為自我開解和自救。周作人被界定的閒散風格，其實主要來自《雨天的書》和《澤瀉集》，這兩本散文集覆蓋了他早期雜文中對現實和政治的批判，以及民族改造的熱情，這位苦雨齋主人在此二書中欲以「中庸之道來調和極端的那種沖淡生存方式」[27]，因此要在苦雨齋中聽苦雨、喝苦茶，品味其苦澀人生，過著沒火氣的平衡人生。

董橋的生命風格不同於周作人，他的散文並不苦澀，也不沖淡，甚而如楊照所說是「華麗」的，也時有溫良的嫉俗，那是對舊時代的眷戀和名士氣。當然，他們均擅長議論，以旁徵博引的知識散文著稱。董橋論文章藝術講究靈氣，和另一位也講「性靈」，標榜「以自我為中心，以閒適為格調」的林語堂更近。根據范培松的論點，「林語堂心目中的文化的最高理想人物，主體形象是『對人生有一種建於明慧悟性的達觀者』」[28]。

「明慧悟性」必須和林語堂講的「性靈」、「筆調」（personal style，即個人風格）以及「幽默」結合，因為明慧悟性可獲致達觀，達觀方有幽默，建立自己的個人風格。性靈和董橋所說的靈氣相近，幽默則是董橋散文所長。〈多帶一條褲子備用〉寫英國財政部長出門得多帶條褲子，以防宵小趁他熟睡時下手。「多帶條褲子」是應付經濟蕭條、治安不好的政

25《回家的感覺真好》，頁二三四。
26 楊照：〈華麗而高貴的偏見——讀董橋的散文〉，收入《董橋精選集》，頁二六—二七。
27 范培松：《中國現代散文史》（南京：江蘇教育，一九九三），頁二四二。
28 范培松：《中國現代散文批評史》（南京：江蘇教育，二〇〇〇），頁七四。

策。「睡前讀維多利亞時代淫書三十八頁，甚佳甚佳。年來多以淫書清洗心中之使命感。多讀英文古今淫書，可沖淡自己筆下英文之學究氣」[29]，幽默可以消遣別人也消遣自己，他尤喜歡幽默的老一輩文人「老一輩文人學者深諳幽默，而且幽的都是有文化之默」[30]。幽默還得有文化，顯見董橋的品味。

董橋直言不喜歡魯迅戰鬥式的雜文，霸勁太強，喜歡的是他的小說、散文、小楷，乃至魯迅收集箋譜、閒逛等逸事，董橋的理由是：

> 過了半百的人了，大半輩子流離國外，我偏愛中國的舊人物舊文化，那該是合理的鄉愁了。[31]

董橋溫文的散文和魯迅犀利的雜文當然風格迥異，魯迅〈小品文的危機〉批評的小擺設正是周作人、林語堂、董橋一脈的小品文，既不是匕首，也非投槍，沒有戰鬥的作用，只靠著低訴或微吟磨平人心。

〈小品文的危機〉這段文字彷彿正是對著董橋這類出身「舊家」的文人：

> 但如果他出身舊家，先前曾有玩弄翰墨的人，則只要不很破落，未將覺得沒有用的東

> 西賣結舊貨擔，就也許還能在塵封的廢物之中，尋出一個小小的鏡屏，玲瓏剔透的石塊，竹根刻成的人像，古玉雕出的動物，鏽得發綠的銅鑄的三腳癩蛤蟆，這就是所謂「小擺設」……那些物品，自然決不是窮人的東西，但也不是達官富翁家的陳設……那只是士大夫的「清玩」[32]。

魯迅雖也和周作人一樣在文中推崇明末小品，卻特別提醒明末小品並非全是吟風弄月的幫閒文臣筆鋒，而著重於其諷刺、攻擊和破壞的一面；當然魯迅也批評取法美國的隨筆，以為他們的幽默、雍容、漂亮像是「小擺設」，供人觀賞，青年們會因此由粗暴而變風雅。這番話大概是針對周作人、林語堂、梁實秋這些小品文作家說的，如果董橋生在彼時，可想而知，他必然也在名單上。

董橋幽默、雍容、漂亮的散文，卻不完全是「小擺設」，和周作人要過沖淡不理世事的

29 董橋：《這一代的事》（北京：三聯書店，一九九二），頁一二六。

30 董橋：《酒肉歲月太匆匆》（台北：遠流，二〇〇〇），頁二一〇。

31 《竹雕筆筒辯證法》，頁四。

32 魯迅：〈小品文的危機〉，收入王鍾陵編：《二十世紀中國文論精華．散文卷》（石家莊：河北教育，二〇〇〇），頁五二一。

人生觀不同，董橋的雜文十分入世，例如以下的引文：

> 我最想做到的正是從宏觀角度去衡量語言文字的文化內涵和社會寓意；或者倒過來借古今中西語言文字去闡釋當前一些社會現象和文化趨勢。此路殊不易走，往往足跡遍荒徑，提燈照不見半戶人家；驀然回首，也許竟置身雅舍矮籬之間，荼苦雨疏，聽人漫說前塵影事，渾忘今年是何年了。[33]

當前社會和文化一直是他關注的主題，於「英華」中「沉浮」，那既是謀生所需，也是人格特質。異於一般時事政論的是，他講求「學」、「識」之外，往往下筆帶「情」。以上引文前半段寫的是個人的寫作理念，乃理性的闡述；後半段筆鋒一轉，以連綿的意象發展出感性的思維。這是十分董橋的寫法，他認為政論既要時人時事為實例，也要背景資料，議人議事之外，引經據史，「還要一枝帶著三五分感情的筆」[34]，從政治裡讀出人情味。

容或長於議論，董橋的整個散文風格卻是「浪漫」的。「舊時月色」既曾成為他的篇名，也多次在散文中提及，在早期這浪漫表現在偶然的感傷和懷舊，後來卻是有意為之，他寫那些蒼茫的老故事似乎更見帝國餘暉的韻味。《從前》的序提到他早期讀美國小說家 Carson McCullers：

> 故事縹緲，人物幽遠，難忘的是筆下沉實的輕愁和料峭的溫煦，隱隱然透著帝俄時代那些風雲巨著徹骨的清氣，像酒，像淚。[35]

《從前》解開議論的束縛，抒發感性的回憶，對過往的留戀確實是「沉實的輕愁和料峭的溫煦」，連自序〈煙柳拂岸，暮雲牽情〉也有六朝煙水味。第一篇〈舊日紅〉一開頭便揭開了底牌：「我偏偏愛說我是遺民」、「文化遺民講品味，養的是心裡一絲傲慢的輕愁」[36]。傲慢的、輕愁的遺民，那是董橋的生命風格，也是散文風格形成的要因。〈諜影〉裡那個布爾喬亞品味的南洋留學生、文革期間令人心痛的文人遭遇、說不盡的滄桑小故事，董橋撿拾的依然是舊時代的遺珠，也合了魯迅筆下「小擺設」的氣味。當然，傲慢的文化遺民是不在意的，那是他們的底，舊的好東西。宿命的說法是，那是無法選擇的命運，胎記般烙印在記憶裡。不想丟、也丟不掉。

33《鍛句鍊字是禮貌》，頁一七五。
34《竹雕筆筒辯證法》，頁一七四。
35 董橋《從前．自序》（台北：九歌，二〇〇二），無頁碼。
36《從前》，頁七。

必須說明的是，董橋的「遺民」不全是中國式的。殖民地的出生背景、大學讀的是外文系，且在英國倫敦居住相當長時間，而今定居香港，他的遺民情調毋寧也是英國的，這沒落的帝國有著深長的歷史和文化，足夠董橋涵泳品味，因此他總是很自信的談怎樣的英文才漂亮，如何翻譯才準確而達意，特別喜愛中英文俱佳的人物，如中英文舊學都好的葉公超、深刻體會中英文化的吳靄儀等。林文月說「英倫可能是他心靈的故鄉」[37]，誠然。最具象徵意義的是，他居住時間最長的香港，也是一個映著帝國餘暉的城市，董橋竟像是香港的縮影，中西（英）文化的交會，碰撞出雜糅著浪漫情懷的小品文。像上個世紀的拾荒者，他在帝國餘暉裡撿拾著傳統的碎片。

參考書目

王鍾陵編：《二十世紀中國文論精華・散文卷》（石家莊：河北教育，二〇〇〇）。
范培松：《中國現代散文史》（南京：江蘇教育，一九九三）。
范培松：《中國現代散文批評史》（南京：江蘇教育，二〇〇〇）。
班雅明著，張旭東、魏文生譯：《發達資本主義時代的抒情詩人：論波特萊爾》（台北：臉譜，二〇〇二）。

梁秉均編：《香港的流行文化》（香港：三聯書店，一九九七）。
陳子善編：《你一定要看董橋》（上海：復旦大學出版社，一九九七）。
陳學明：《班傑明》（台北：生智，一九九八）。
董　橋：《心中石榴又紅了》（台北：未來書城，二〇〇一）。
董　橋：《回家的感覺真好》（台北：未來書城，二〇〇一）。
董　橋：《竹雕筆筒辯證法》（台北：遠流，二〇〇〇）。
董　橋：《紅了文化，綠了文明》（台北：遠流，二〇〇〇）。
董　橋：《酒肉歲月太匆匆》（台北：遠流，二〇〇〇）。
董　橋：《這一代的事》（北京：三聯書店，一九九二）。
董　橋：《給自己的筆進補》（台北：遠流，二〇〇〇）。
董　橋：《董橋精選集》（台北：九歌，二〇〇二）。
董　橋：《鍛句鍊字是禮貌》（台北：遠流，二〇〇〇）。
董　橋《從前》（台北：九歌，二〇〇二）
盧瑋鑾編：《不老的繆思——中國現代化散文理論》（香港：天地圖書，一九九三）

37《心中石榴又紅了》，頁二六八。

民間的集體記憶
——論當代大陸散文的飢餓主題

中國以農立國，作為廣大勞動階級的農民必須仰賴相對少數的地主，在政治和經濟雙重剝削下，他們的一生可以簡化／等同於為食物而奮鬥的血淚史。中國的農耕史因此也可視為飢餓史。食物的匱乏是中國現代化進程中的嚴重病徵，從封建時代到新中國成立，中國人長期籠罩在巨大的飢餓陰影下。現代文學史從魯迅以降，也有一脈理路鮮明的飢餓主題，反覆被不同世代的創作者書寫著。這條以小說為主的書寫隊伍從二十世紀初走到二十一世紀，從五四到當代，文學的思潮幾經更迭，飢餓這古老的主題一路從現實主義、社會主義寫實主義延續到魔幻寫實乃至後現代，從魯迅〈祝福〉、路翎《飢餓的郭素娥》，以迄當代小說家莫言《酒國》、虹影《飢餓的女兒》、余華《活著》和《許三觀賣血記》，以及蘇童《米》等等，飢餓主題成為創作者對匱乏的中國社會最直接而有力的反省。晚近隨著大陸散文的勃興，飢餓亦成為散文作者關注的題材，魯迅「吃人的禮教」這形而上的批判，被「滿足肉體慾望」的形而下呼喊所取代，自然主義式的書寫在當代作者筆下，藉著飢餓再次復活。

以散文這相對真實的文類書寫飢餓，充滿著赤裸而直接的生物本能。《酒國》的紅燒小孩是真是假，魔幻寫實盡可當作蒙太奇，讀者可以「小說是虛構的」緩衝「人吃人」的撞擊。《許三觀賣血記》中許三觀以賣血換取食糧，亦同樣可以「故事」淡化血淋淋的控訴。當作者們以自身的經歷敘事，以個人取代小說的虛構人物，透過散文的「真實」控訴社會不公，以更接近「社會主義現實主義」的創作方法逼視現實和歷史，散文等於迂迴的回應了毛澤東的政策：打倒地主並不等同於「人人有飯吃」。歷史告訴我們，糧食分配不均和糧食的缺乏確實是中國數千年的病，然而創作者們卻要說：天災和人禍交相煎逼，才是飢餓的罪源，實非共產主義所能解決。

飢餓書寫是一種集體記憶，亦是民間歷史。當創作者在書寫飢餓經歷，他們其實在重新探索歷史重新被講述的可能，何況晚近的歷史學早已指出客觀歷史不存在，歷史和文學之間界線並非如此涇渭分明。後現代主義者海登．懷特（Hayden White）就認為歷史是敘述體，而敘述體的形式會讓史家們在著述時，不斷整理、剪裁已經挑選過的史實，加以編排處理。他提出「情節編織」（emplotment）[1]這觀念，認為史家們剪裁史料的目的，就是在有意無意地製造情節，使得故事生動誘人，亦有論者以為「史學家的工作與文學創作沒有根本的不同」[2]，我們可以說，當代的飢餓書寫讓讀者得以發現歷史陰暗角落裡的民間記憶。

當代大陸散文的飢餓主題大體上可以歸納出以下幾個母題（motif）：怪誕現實主義式的飢餓記憶、餓飯伴隨著疾病的共生關係、解決了肚子才有面子問題、吃飯只為幹活非關享樂，當然也有作者表現了徘徊在生存本能與道德之間的掙扎。以下所論述的散文或多或少都演繹了這五個母題。在政治力減弱，「大敘事」（grand narrative）被個人歷史所取代的年代，創作者以散文書寫了他們的飢餓記憶，飢餓因此亦是苦難的國族歷史。

當代創作者中，以莫言散文的飢餓書寫最令人側目，尤其演繹怪誕現實主義式的飢餓，可謂無出其右。莫言小說深受魔幻寫實大師馬奎斯的影響，以魔幻而寫現實，莫言想要表達的是：中國的當代史是一則魔幻寓言，充斥著餓得變形的現實。短篇小說〈糧食〉為填飽孩子的偉大母親，囫圇吞食工廠裡的生碗豆，回家後完整的吐出成為哺育孩子和瞎眼婆婆的糧食。孩子因此得以健康長大，婆婆得以長壽。敘述者藉工廠女工馬二嬸點出：「人早就不是人了，沒有面子，也沒有羞恥，能明搶的明搶，不能明搶的暗偷，守著糧食，不能活活餓死」[3]。

1 海登．懷特著，劉世安譯：《史元：十九世紀歐洲的歷史意象》（台北：麥田，一九九九），頁七—一三。

2 王晴佳、古偉瀛：《後現代與歷史學》（台北：巨流，二〇〇〇），頁二一。

3 莫言：《傳奇莫言》（台北：聯合文學，一九九八），頁一五二。

勞其筋骨餓其體膚的結果適得其反，非但無助於養志，反使人類回返動物的原始本能。值得注意的是結尾：「這是六〇年代初期發生在高密東北鄉的一個真實故事，這故事對我的啟示是：母親是偉大的，糧食是珍貴的。」[4]這畫蛇添足的一筆，似乎也可說明何以莫言後來的兩本散文《會唱歌的牆》和《北京秋天下午的我》一而再、再而三演繹切身的飢餓經歷，小說之不足，散文書之，這巨大的創作動力，是「餓到靈魂裡去」的匱乏，也才因此餓出扭曲的現實記憶。

其次，莫言散文一再自曝強大的食慾，並屢屢提及餓得百病叢生的母親，正印證了〈糧食〉這「真實故事」對莫言散文的啟示：糧食的珍貴和母親的偉大。糧食和母親的象徵意義本可相通，分別是「活命的根本」和「愛的泉源」，因此莫言的飢餓同時述說了這樣殘酷的事實：母愛無法填補生理上的飢餓，飢餓需要的是食物而非母愛。飽暖思淫慾，這句中國的老話到了莫言手裡翻轉成：飽暖方有成為「人」的權利——中國哲學對「人」的道德要求，乃是飽暖後的事，莫言展示了他對生命最具體的詮釋：吃飽才有面子問題。馬克思主義的「唯物」因此意外的被賦予了不同的意義。

〈草木蟲魚〉有一段寫冬天吃樹皮的經驗，十分「唯物」。四季之中以冬季食糧最少，沒有野果野菜，他們吃青苔和樹皮：

上過水的窪地面上，有一層乾結的青苔，像揭餅樣一張張揭下來，放到水裡泡一泡，再放到鍋裡烘乾，酥如鍋巴，味若魚片。吃光了青苔，便剝樹皮。剝來樹皮，刀砍斧剁，再放到石頭上砸，然後放到缸裡泡，泡爛了就用棍子攪，一直攪成漿糊狀，撈出來，一勺一勺，攤在鏊子上，像攤煎餅一樣。從吃的角度來看，榆樹皮是上品，柳樹皮次之，槐樹皮更次之。我們吃樹皮的過程跟畢昇造紙的過程很相似，但我們不是畢昇，我們造出來的也不是紙。[5]

從上面這段引文我們可以讀到望梅止渴的替代心理，想像取代了現實：青苔可以當成鍋巴享用，兼有魚片之味。樹皮則想像成煎餅，猶能苦中作樂排行樹皮滋味，這是餓漢的食物想像。然而莫言的食物類比也只僅止於物質，不能再作抽象的延伸，例如畢昇的造紙發明，儘管在莫言看來，他們的行為和畢昇是如此相似，結果卻完全是相反的，填飽肚子和人類文明根本是兩條背反的路。「我們造出來的也不是紙」這句話點到即止。造出來的是什麼，不言而喻。這個答案可以在莫言另一篇散文〈吃事三篇〉找到解答。大飢荒肚子空極了時，童年

4 《傳奇莫言》，頁一五七。
5 莫言：《北京秋天下午的我》（台北：一方，二〇〇三），頁一〇一。

的莫言和夥伴們曾經吃煤炭，煤炭不消化，於是又原樣的排泄出來。為了證明實有其事，莫言還求證另一位鄉親王大爺，王大爺的回話倒使這事更魔幻：「你們的屎填到爐子裡還呼呼地著呢！」[6]

唯物之事尚不止這一樁。〈我和羊〉寫放羊姐經驗，羊很肥而人很瘦，於是他學羊吃草。如果莫言小說裡卑賤的肉體形象是對獨白時代頌歌式寫作的反思，散文則是以反諷的「唯物」回應馬克思主義的唯物思辯，「唯物」者，唯食物也。學羊吃草之外，這篇散文最令人側目的是羊兒最後難逃一宰，莫言儘管傷心，卻無法抵抗食物巨大的誘惑而大嚼。「我們家族裡的十幾個孩子，圍在鍋邊，等著吃牠的肉。我的眼裡流出了淚。母親將一碗羊雜遞給我時，我心裡雖不是滋味，但還是狼吞虎嚥了下去」[7]。飢餓抵消了情誼，食物取代道德思考，是莫言散文的主旋律。

沒有溫飽即沒有道德思考，在這個命題之下，莫言把自己降到與動物同等的位置：「所謂的自尊、面子都是吃飽了之後的事情」、「如我這種豬狗一樣的動物，是萬萬不可用自尊啦、名譽啦這些狗屁玩意兒來為難自己的」[8]。莫言來自高密東北鄉，農村經驗豐富，不論批判農村的閉塞和封建，或者歌頌農民旺盛的生命力，皆原始而粗獷，草莽性十足，也充滿噴發的活力。陳思和甚至以為這種特質太過時，往往有粗鄙之嫌，「表現了莫言創作心理上不健康的粗鄙習性」[9]。粗鄙是否不健康那是道德問題，然而恰是「粗鄙」使得莫言的散文煥發著蓬勃的生命力，農民的生活不可能「雅」，「粗」或「俗」反倒逼近現實。何況，表露自己的「粗」或「俗」不比表現「雅」容易，自曝其短或醜化自己需要何等勇氣。其次，莫言的散文跟小說一樣，長於說書，誇張、渲染、挑逗，具有酒神的狂歡精神，粗鄙實是有意為之。俄國批評家巴赫汀（Mikhail Bakhtin）就以卑賤化的肉體形象重新思考生命和文化，狂歡節的說笑藝術和公眾廣場的俗語和不入流的粗鄙語言，被巴赫汀視為生命脈膊的跳動，市井語言的卑賤化與高雅語言並陳才是眾聲喧嘩（heteroglossia）。

〈吃事三篇〉便體現了這種眾聲喧嘩的特色，粗鄙不文的語言和生理慾望的渴求取代形而上的高尚情操，莫言赤裸的揭示人類的動物性本能。這篇散文翻轉了「貧賤不能移」的古訓，貧賤恰是使人下降到與動物同等的要因。從小吃相兇惡的莫言招來族裡人的鄙視；母親也因這位飯量特大特別貪食的兒子蒙辱；長大後，吃則招來朋友的奚落。散文以好心餵狗反招狗主人羞辱開始，莫言以肉餵食北京飯館的一隻狗，被老闆娘以三字經怒罵。莫言以「這

6　莫言：《會唱歌的牆》（台北：麥田，二〇〇〇），頁七四。
7　《北京秋天下午的我》，頁九四—九五。
8　《會唱歌的牆》，頁七二。
9　陳思和：〈歷史與現實的二元對話〉，《還原民間——文學的省思》（台北：三民，一九九七），頁二三七。

位狗」顯示狗是高貴品種，其身分等同於人，甚至高於莫言這種鄉下莽夫。被老闆娘怒罵的莫言十分難過，「於是便有狗尿一樣的淚水從眼裡流出來」[10]，以狗尿修飾自身的眼淚，乃是把自己等同於動物；同時也對比出城鄉的差異：北京的動物比起鄉下的老百姓吃得絲毫不差。這事之後莫言接連寫了四件因貪吃而被朋友取笑的故事，吃得奮不顧身與吃得溫良恭儉讓同樣蒙羞，心灰意冷之餘，向他娘說了這番話：「娘啊，咱們一大家人，就單單我因為吃忍辱負重，半輩子人了，這種狀況還沒改變」[11]。母親的一席勸說之後，他終於解開了心結，得出以下的體悟：「所謂的自尊、面子都是吃飽了之後的事情……如我這種豬狗一樣的動物，是萬萬不可用自尊啦、名譽啦這些狗屁玩意兒來為難自己的」[12]。這句話消解了因餵狗吃肉而生的屈辱，同時也暗藏「吃飽是最幸福最重要的大事」這素樸簡單的農民心理。莫言這番體悟恐怕也是所有老百姓的期望，歡樂也食物，痛苦也食物。

飢餓對於饞嘴的人而言，那是更大的折磨。莫言敘述被餓逼出的動物性行為，洋洋灑灑，包括吃完自己的分，便巴望著別人的嚎啕大哭；走過街上賣熟豬肉的伸手便抓；永遠覺得別人分到的餅比自己手裡的大等等。吃飽了他想痛改前非，一見好吃的立刻恢復原樣。莫言寫飢餓，最發人深省的是扭曲的現實裡扭曲的人性。

〈賣白菜〉不著一「餓」字，全文卻一再提醒讀者：我們都餓慌了，餓得把人性的負面給逼了出來。買白菜的老太太一再挑剔，賣白菜的母親一再懇求，雙方都想多賺一點。老太太的行為愈令人厭惡，母親的低姿態也愈引人同情。低姿態完全沒有自尊可言，目的只想賣菜換溫飽。與此相較是莫言的態度，他對老太太的嫌惡乃出於溫飽的渴望，對那三棵白菜的溫情描寫，實際上來自白菜的市場價值——白菜不自家留著包餃子，也可以賣錢。因此我們完全可以理解莫言多算老太太一角錢的報復心理，他把老太太扯掉的外層葉子算了進去。

關於一九六〇年大饑荒，莫言有這麼一段記憶：

> 村子裡幾乎天天死人。都是餓死的。起初死了人親人還嗚嗚哇哇地哭著到村頭土地廟裡去註銷戶口，後來就哭不動了。抬到野外去，挖個坑埋掉了事。很多紅眼睛的狗在旁邊等待著，人一走，就扒開坑吃屍。據說馬四從他死去的老婆腿上割肉燒著吃，沒有確證，因為很快馬四也死了。糧食，糧食都哪裡去了呢？糧食都被誰吃了呢？[13]

10《會唱歌的牆》，頁六八。
11《會唱歌的牆》，頁七二。
12《會唱歌的牆》，頁七二。
13《會唱歌的牆》，頁七三—七四。

死亡在那年頭成了輕於鴻毛的事，太少的食物太多的死亡麻痺了人性，也泯滅了人心裡僅存的善。莫言直指人性黑暗面的書寫，既殘酷又怪誕。狗食屍體是其一，妻死夫食妻肉是其二。最末二句提出了那時代共有的疑惑：糧食，都到哪裡去了？從大躍進到大飢荒，成長於那個年代的創作者大概都有餓飯的經驗，然而莫言筆下所記層出不窮的怪現狀，究竟是以真實寫魔幻，還是以魔幻寫真實，竟然一時令人難以分別。譬如連樹葉樹皮也吃光時，有人吃白土，也有人吃癩蛤蟆；狗吃死人吃瘋了時，見了活人也撲；一個男孩端著的稀粥打翻了，顧不得母親的責打扒下便把地上的粥舔光；餓昏的男人領了全家的豆餅，竟然在半路就都吃完，只能任憑老婆孩子踢打，當天夜裡喝了水給脹死了。餓昏的男人飽死，無疑是最大的諷刺。

最令人不忍的莫過於飢貧交迫下的母親。如果說飢餓的人們是政治的犧牲品，那女人便是被雙重犧牲的祭品。〈從照相說起〉寫母親一生的病痛和飢餓，卻也寫出女性的強韌。「母親的癆病其實是餓出來的，餓，還得給生產隊裡推磨，推磨的驢都餓死了，只好把女人當驢」[14]。每日為食物發愁的母親，還突發奇想用棉絮填飽胃：棉衣棉絮吃進去再拉出來，洗一洗再吃。這事與吃煤炭同樣似真似幻，變形怪誕的求生本能令豐足的現代人瞠目，是絕佳的文學素材，亦是冷酷的歷史。

相較於莫言處理飢餓題材的幽默嘻笑，周同賓則嚴肅沉重許多。周以處理農村題材著稱，《古典的原野》自序有言：「二十多年前，我就做了市民，但直到今天，仍融不進城市的時髦生活。寫城市，就別扭，寫農村，就順溜。我是個擠進城市的鄉下人，內心深處，一直死死地綰著一個故土情結」[15]。周同賓的農村不同於莫言的鄉野，農村的沉重和鄉野的活潑，使得莫言與周同賓的散文形成截然不同的風格。儘管如此，對比二人的飢餓書寫，我們仍然讀到他們共有的集體記憶。周的散文顯得老實，由此更可以比對出莫言的飢餓書寫非小說家誇大之言。

〈飢餓中的事情〉記述了鄉親為了喝扒墳前的澱粉熬湯，都搶著扒墳。沒糧沒柴的年代，連帶也沒有「慎終追遠」的觀念，全村人把祖墳都扒了：

> 扒多了，扒墓成了平常事，好似墓中只有木柴，沒有遺體骨骸。往日，動了墳上土，是要打破頭的，如今，扒誰家的墳，誰家不僅不攔擋，還積極參與，因為扒前可以喝兩碗「澄粉」湯。[16]

14《北京秋天下午的我》，頁二二一。
15 周同賓：《古典的原野》（北京：人民，二〇〇三），頁一。
16《古典的原野》，頁一七六。

這段文字演練了以下這番道理：餓死事大，生理需求比文化教養實在。當慾望超越理智，兩碗稀稀的澱粉湯，輕易的戰勝慎終追遠。正如作者的歸納，長時間的飢餓，餓掉了人性和教化，吃是一切，活著是唯一目的。那年頭，甚至連「色慾」都衰竭了，夫妻不共枕，沒人懷孕，沒人嫁女娶媳。扒掉的棺木用來取火燒湯，連燒出的湯裡都有屍臭。

周同賓的敘述風格冷靜內斂，感性少，相對的感染力減弱，反而更能突顯現實的殘忍。這令我們想到以「殘忍」著稱的余華，其小說鉅細靡遺的兇殺、刑罰、復仇之類的故事與場景，血腥的細節和冷靜的敘事形成反差，令人不寒而慄。這種冷酷的敘事，反而突顯出現實的無情，作者要表達的意念以迂迴的方式達成，倒形成更大的閱讀撞擊。周同賓的散文看來老實，一板一眼的冷靜敘事反更突顯飢餓給人的壓迫，因此施予讀者「焦慮」感。讀者焦慮，是因為在閱讀過程中，不知題目底下的長篇散文到底還有什麼更殘忍的、超越讀者認知之外的知識或事情。飢餓對營養過剩的現代人而言，畢竟是陌生的體驗，也因此使得飢餓足以標誌一個時代。相較於莫言狂歡化的敘述，以渲染誇張的方式放大飢餓，周同賓的飢餓書寫則是把飢餓感降溫，壓抑激情。

周的散文類似小說有大量事情與情節，正符合海登．懷特所謂的「情節編織」。〈飢餓中的事情〉便有各種各樣被餓死的樣本。所謂樣本，乃是指所述並非一個人的故事，而是一個時代共有的模式。例如最先餓死的高個兒「大洋馬」，竟是因為平時食量太大，一天三瓢稀湯救不了他的命。有人吃蚯蚓、青蛙、癩蛤蟆，身上的跳蚤，最後吃老鼠；死後，老鼠一夜間吃光了他的肉。小說家盡可以此大作文章，敷衍成一篇精采的傳奇，然而在相對真實的散文裡，這樣的敘事卻可視為史料。

莫言講了一個把妻兒的豆餅全吞下肚反脹死的故事，周同賓的筆下也有類似的記憶。因為沒食糧，女兒棄父母於不顧；有人吃了黑色發霉的紅薯乾肚子疼，死了；也有人偷溜進食堂吃幹部的紅薯麵窩頭撐死；莫言的母親則質疑棉絮能否填飽肚子，周同賓則敘述一個餓極的人撕棉被裡的舊套子吃，嚥不下，噎死了。這些日復一日發生的慘狀，作者全以輕描淡寫的語氣完成，有那麼一點敘事麻痺的意味。或許周同賓無意寫歷史，這些「個人記憶」卻足以成為歷史的碎片，散落在大敘事的夾縫或裂緣。

值得深思的是周同賓對飢餓的反省，提供了一套不同於官方的說法。等到飢荒過後，鄉親提起餓死的親人，總是流淚，自然沒什麼憶苦思「甜」可言。大飢荒後六年文革開始，老農民常被上級要求回憶舊社會的「苦」，熱愛新社會的「甜」。農民們表示無甜可憶，只有大把的被餓出來的辛酸淚。「上級解釋說，鬧飢荒是因為三年自然災害。可鄉親們說，那幾年風調雨順，沒旱也沒澇，不能怪老天爺」[17]。三年困難期是從一九五九到一九六一，從這

17《古典的原野》，頁一八四。

裡可以看出小歷史對大歷史的質疑，民間觀點與官方的對立，共產主義標榜的「大家有飯吃」證諸歷史與現實，畢竟是烏托邦。諷刺的是，周同賓逼視歷史的書寫更接近社會主義現實主義，是中共亟欲提倡的寫作模式，而周的成果卻是以其人之道給政治狠狠一擊。

另一位創作者彭志明是農人，他以農夫背景寫的〈背〉要說的除了缺糧之外，尚包括整個生產機制的不健全，辛勤勞作卻無法換取溫飽。散文一開始是全文的總綱：「我的駝背主要是勞動作成」[18]，「勞動過度」、「營養不良」、「糧食缺乏」、「農人耕地卻沒飯吃」等是〈背〉的提問，也是農民對國家的提問。或曰駝背純是個人命運，如何與國家歷史扯上關係？十歲守牛、挑牛欄草、十一歲打柴燒炭、編草鞋織斗篷走三十多里路去賣，十三歲參加隊裡勞動掙工分。如此輝煌的勞作歷史，在在指向彭志明的駝背，這些超過小孩能力的勞作，卻沒有同等的熱量可供給，「那時農村窮，我們肚裡的米飯少蔬菜多，蔬菜不經餓，便半路上多喝水，這稱為軟飽。水下肚馬上變為汗從全身溢出，肚子又空了。肚子一空，擔子在肩上又一壓，一根脊椎還稚嫩，支不起重量，腰便自然彎曲起來」[19]。

同樣寫農村的貧乏，彭志明的態度卻樂天許多。他擅長自我調侃，駝背了猶能提出許多好處，在一片喊餓喊出血淚的書寫中，彭志明的書寫策略因此特別突出。另一位現居烏魯木齊的作家劉亮程在〈永遠欠一頓飯〉則寫出食物與人性的微妙關係。對門的兩位小姐每日開伙，但從來未請過劉亮程一頓飯。「她們多懂得愛護自己啊，生怕我吃掉一口她們就會少吃一口，少吸收一點營養，少增加一點熱量。第二天她們在生活和事業上與人競爭時就會少一點體力，缺一點智力」[20]。莫言和周同賓想傳達的是「自尊和面子是吃飽之後的事」，劉亮程說的卻是「食物等於競爭力」。費孝通在〈慾望與需要〉一文提出他的觀察：

> 愛情，好吃，是慾望，那是自覺的。直接決定我們行為的確是這些慾望。這些慾望所導引出來的行為是不是總和人類生存的條件相合的呢？……慾望是什麼呢？食色性也，那是深入生物基礎的特性。……為了營養，人會有五味之好。因之，在十九世紀發生了一種理論說，每個人只要能「自私」，那就是充分的滿足我們本性裡帶來的慾望，社會就會形成一個最好、最融洽的秩序。[21]

費孝通這段話乃針對鄉土社會而論。鄉土社會的穩定有賴於慾望的滿足，因為在鄉土社會

18　彭志明：〈背〉，收入韓少功、蔣子丹編：《剩下的事情》（昆明：雲南人民，二〇〇三），頁一二九。
19　《剩下的事情》，頁一二九。
20　劉亮程：〈永遠欠一頓飯〉，收入《剩下的事情》，頁二〇。
21　費孝通：《鄉土中國》（香港：三聯，一九九一），頁九一。

中，人的慾望並非生物事實，而是文化事實，也即是「人造下來教人這樣想的」，「所謂自私，為自己打算，怎樣打算法卻還是社會上學來的。問題不是在要的本身，而是在要什麼的內容。這內容是文化所決定的」[22]，順著費孝通的理路，我們可以推論，富足的現代社會所要求的飽足，和農村的飽足要求是不同的，因此莫言、周同賓乃至稍後即將論述的曹冠龍，都覺得有紅薯填飽肚子便是幸福。然而飢餓之所以能成為論述主題，正說明了這「深入生物基礎」的要求並未滿足。因此我們讀到扒墳、吃屍的殘忍場景，原因正是費孝通所說的：人們無法「自私」。

劉心武〈瓜菜代．小球藻〉說的正是百姓如何想方設法「自私」——沒有足夠的糧，那就吃個「水飽」，用菜和玉米麵揉在一起蒸窩頭，或是熬成糊，就叫瓜菜代。再下去，沒有瓜和菜，便用柳樹皮和野菜。劉心武如此嘲弄歷史：「吃著這樣富創造性的傑作，當然絕不能有鄙夷之態，而要引以為自豪，也就是說，瓜菜代並不是權宜之計，恰說明大躍進等三面紅旗大大激發了我們人民的才智，而且也說明我們的飲食結構比資本主義國那種胡吃海塞更先進、更優越」[23]，順著激發才智的理路寫下去，蛋白質缺乏那就吃小球藻，即藍藻，如今是十分流行的健康食品，科技證明它是高營養水生植物，這似乎說明了人的生物本能之靈敏，中國百姓就有如狗那麼靈的鼻子，可以嗅出「自私」之物。劉心武回憶那個匱乏年代，只以兩句話作結：「它（小球藻）只與遠去的烏托邦勾連著，活像一具綠色的骷髏」[24]。小球藻被譽為人造肉，正可以看出肉的缺乏，以及對肉的渴望。肉象徵富足，沒有肉的年代，只好憑想像彌補缺憾。儘管如此，那年代仍然餓死者眾，因而有「綠色的骷髏」這美麗而淒涼的比喻。

按照費孝通的說法，人的基本慾望滿足了才有社會秩序。歷史也告訴我們，政治的錯誤選擇才是中國的「餓」源，余秋雨的〈蒼老的河灣〉在諸多詰難之後第一次觸及紅衛兵的歷史，其中有一段述及他及家人的餓，皆來自政治的磨難，餓又比政治批判更令他無法忍受，再一次印證飢餓書寫的母題：「人的自尊和面子都是吃飽以後的事」。他寧願在學院接受造反派的批判，也不願回家，「極度飢餓的親人們是不願聚在一起的，只怕面對一點食物你推我讓無法入口」[25]，在親情與食物的拉扯下，人性被放在十分艱難的位置。

飢餓確實是一次對人性的試煉。在莫言、周同賓筆下，人性是完全臣服於生理需求的，然而在余秋雨和邵燕祥筆下，二者則呈現拉鋸。邵燕祥的〈龍馬〉寫破落的農村裡缺糧，於

22《鄉土中國》，頁九二。
23 劉心武：《藤蘿花餅》（台北：二魚，二〇〇二），頁八二。
24《藤蘿花餅》，頁八四。
25 余秋雨：〈蒼老的河灣〉，收入王劍冰編：《中國散文年度排行榜（2002）》（武漢：長江文藝，二〇〇三），頁一七八。

是把老馬宰了製成肉丸子，作者想起老馬黯然的眼神，耐著餓急忙逃，「那已經遲鈍了的兩只眼睛，老馬的眼睛，一動不動的，在什麼角落裡時隱時現，凝望著我，窺探著我，審視著我。陌生的，又是熟悉的」[26]。這類溫情的描寫令人想起汪曾祺的〈黃油烙餅〉。蕭勝的奶奶留著珍貴的兩瓶黃油給孫子增加營養，她自己卻因營養不良而漸漸餓死。黃油象徵奶奶對他的愛，飢餓時代猶見最可貴的美好的人性。汪曾祺一貫節制的敘事平淡中見真情，這篇小說完成時正是傷痕和反思的年代，在控訴聲中，汪曾祺沒有激情也沒有吶喊，含蓄而溫文的表現崇高的人性，不見絲毫火氣。

如果莫言、周同賓、彭志明、劉心武和邵燕祥等的飢餓書寫屬於鄉野，那麼曹冠龍的《閣樓上下》則是城市的匱乏經歷。二者合起來，正可以讀到一段城鄉都在叫餓的呼喊。相對於莫言粗鄙奔放的語言，曹冠龍顯得溫文；莫言的飢餓書寫著重肉體和感官，家在上海的曹冠龍雖然也時而出現粗野的應對，城市人的機智卻是其散文的重要特質。

〈油的追求〉寫對油的飢渴。油這意象是象徵性的，它也可以是食物的代稱。吃食堂時眾口皆覬覦湯面那幾點油花，曹冠龍費盡心機，只為攫取稀薄的滋潤。對比那幾滴少得可憐的油，曹冠龍的竭盡心力未免顯得太過，卻也因此更顯出對食物的飢渴。油入碗後，尚得提防同學要求分一杯羹，為此他又想出兩全其美的方式，既不傷同學情誼又可保留油膜。嘆為觀止之餘，我們不免要說，飢餓激發了人的潛能，與劉心武所說「大大激發了我們人民的才智」有戚戚焉。

〈馬齒莧〉記錄如何以少量的食物滿足食慾，則可視為百姓如何千方百計少吃一點而飽久一些的應對：

> 燒得一鍋開水，將大袋的麻袋馬齒莧倒入鍋中，在沸水中搗動一番，待那莖葉燙得半熟，撈起，扔在屋頂上滴水曬乾，幾麻袋馬齒莧攤開來，屋頂上紫黑的一片。如果太陽好，早上曬出去，傍晚便成了黑乎乎的菜乾，收攏來塞在麵粉袋裡。吃時放回水裡去煮，煮軟後打入些麵粉，便成了菜糊，微甜微酸，很好喝，也很脹肚。[27]

如此費勁的流程處理野菜只求「脹肚」，曹冠龍筆下上海市民那種善於計算的特質和莫言筆下老實憨厚的農民截然不同。例如他父親一再告誡他不准偷東西，然而他卻覺得「那些西紅

26 邵燕祥：〈龍馬〉，收入曹文軒編：《二十世紀末中國文學作品選》（北京：北京大學出版社，二〇〇一），頁三〇三。

27 曹冠龍：《閣樓上下》（台北：遠流，一九九四），頁一二八。

柿紅得實在過火，不去碰一下，對人不住」[28]；偷西紅柿事跡敗露，父親遠遠的喊他把物證，即沾了西紅柿汁的手巾拿去，曹冠龍卻在往父親跑時，猛然在玉米地蹲下「火速地拉下褲子，往手巾上撒了泡尿」[29]。第二件可資佐證的是吃豆渣糊，每人每次只限一碗，若有幸買到第二碗，曹冠龍便留給大哥，「因為我在學校的伙食要比大哥的好得多，父親不出工，用不著白白地消耗糧食」[30]。

善於計算意味著人仍為活著而努力，並不悲涼。悲涼的是如〈路條和炒米粉〉裡無望的努力：父親到晚年只重複做兩件事：找回家的路條和儲存食物，準備上路回老家。家裡只要有麵粉，他都炒了壓進鐵聽，放到發霉變潮，化為無數粉蟲。「然而父親並不慌張，只是將那些生蟲的麥粉一一重新炒過，然後將那植物蛋白和動物蛋白的混合物重新壓回鐵聽」[31]。父親鍥而不捨炒麥粉的行為，接近神聖的儀式，如此固執而慎重。他固然歸情殷切，卻清楚的知道回家先得準備好足夠的食物。準備食物使他相信自己終有一天可以回家，食物從填飽肚子的物質轉成精神象徵。然而，他儘管有不少鐵聽的麥粉，卻到死也沒吃上。父親的行為出自對食物的不安全感，也是對整個時代的不信任。

已經餓了數千年的農民對飢餓的體驗，可能較諸本文所論述的當代中國散文更豐富。創作者選擇以散文而非其他文類書寫飢餓，可從散文相對紀實的特質解讀：散文是現實的折射。當飢餓以相對真實的方式被呈現，我們讀到了當代歷史的切片，飢餓作為集體記憶被書寫。天災和人禍究竟哪一個責任較大，作家們給出了他們的民間觀點。創作者們以史家之筆記錄了老百姓的飢餓記憶，重新講述一遍屬於他們自己的歷史。

參考書目

海登．懷特著，劉世安譯：《史元：十九世紀歐洲的歷史意象》（台北：麥田，一九九九），頁七—一三。

王晴佳、古偉瀛：《後現代與歷史學》（台北：巨流，二〇〇〇）。

王劍冰編：《中國散文年度排行榜（2002）》（武漢：長江文藝，二〇〇三）。

周同賓：《古典的原野》（北京：人民，二〇〇三）。

曹文軒編：《二十世紀末中國文學作品選》（北京：北京大學出版社，二〇〇一）。

---

28 《閣樓上下》，頁一三〇。

29 《閣樓上下》，頁一三〇。

30 《閣樓上下》，頁一三四。

31 《閣樓上下》，頁一五七。

曹冠龍：《閣樓上下》（台北：遠流，一九九四）。
莫　言：《北京秋天下午的我》（台北：一方，二〇〇三）。
莫　言：《傳奇莫言》（台北：聯合文學，一九九八）。
莫　言：《會唱歌的牆》（台北：麥田，二〇〇〇）。
陳思和：《還原民間——文學的省思》（台北：三民，一九九七）。
費孝通：《鄉土中國》（香港：三聯，一九九一）。
劉心武：《藤蘿花餅》（台北：二魚，二〇〇二）。
韓少功、蔣子丹編：《剩下的事情》（昆明：雲南人民，二〇〇三）。

「卷二」

詩的煉丹術

——余光中的散文實驗及其文學史意義

在現代散文史上，余光中〈剪掉散文的辮子〉（一九六三）是篇具有指標意義的文論。有人視為余氏「以文為論」的實踐成果，有人把它當成檢視現代散文的創作指導。余氏數十年來以其豐沛的散文實踐自身的方法論，遂更加深此文的說服力和影響力。它既是散文，亦是理論，余氏典型「文體貫通，以文為論」的創作成果。〈剪掉散文的辮子〉應該和同時期完成的多篇文論，譬如〈下五四半旗〉（一九六四）、〈楚歌四面談文學〉（一九六三）、〈鳳、鴉、鶉〉（一九六三）等文視為一脈，方能彰顯其存在價值，進而讀出其時代意義。在寫作或發表時間上，雖然〈下五四半旗〉比〈剪掉散文的辮子〉、〈楚歌四面談文學〉和〈鳳、鴉、鶉〉要晚，卻是余氏文論的基礎，也是解讀〈剪掉散文的辮子〉的重要線索。

余光中對「現代散文」的要求充滿形式主義的精神。「現代散文」的相對概念是「白話文」。所謂白話文，乃是指五四以來「我手寫我口」，缺少文體意識和藝術要求的「口語式」散文，余光中喻為赤貧主義式的「浣衣婦散文」。白話文是現代散文的前身，換而言之，是尚未演進的雛形，介於實用與文學之間的半（散文）成品。〈白而不化的白話文〉（一九八三）寫於八〇年代，依然以批判性十足的文字歷數那幾篇成為範文的散文，根本是二〇年代青年作家未成熟的少作，把這些「範文」當成典律的文藝少年、文藝青年或文藝老年，是「不肯斷五四的奶」[1]。五四所謂散文名家普遍少產，加上素質不佳，僵硬而糾纏的西化句子夾著冗字贅詞，或濫用虛字，既無文言之精煉復無白話文的清暢，卻在半個世紀以來，成為白話文的典範。簡而言之，余氏認為五四已成歷史。

不僅如此，〈論民初的游記〉（一九八二）直言民初散文名家遊記比不上明清小品，「口頭鄙古卻又擺不脫古人的影響，奢言師西卻又得不到西方的真諦，加以下筆輕易，既不推敲文字，又不經營結構，要求他們在感性藝術上有所建樹，也是奢望了吧！」[2]八年後余光中出版《隔水呼渡》（一九九〇），雖然遊記始終是余氏的創作主題，以遊記為單一結集者，唯此書而已；《日不落家》（一九九八）則有半本記遊。以實踐呼應理論，顯見余光中左手評論，右手創作的雙重出擊。余氏對民初遊記的批評有二：一是西化不得體，二是藝術性不高，要而言之，民初散文只是白話文，不是現代散文。這個思考的根本來源，則是出自於詩。換而言之，余光中在六〇年代思考的「現代散文」，是如假包換的詩化散文。

「現代散文」的靈感得自「現代詩」，現代詩是名副其實經過現代主義洗禮，在精神和敘述方法上的雙重改革；余光中對現代散文的概念，則更多的朝「形式主義」傾斜，突出技術的演練，以及形式的考量，「現代」的意義反而其次。然而，沒有白話散文，就沒有余氏的「現代散文」，從這個角度來看，余氏沒下的那半旗，是反思和改革精神的傳承。此其一。其二，余光中其實是直接越過白話文，用他的「現代」思考上接傳統與古典。他一再以文言文對比白話文，指出此優彼劣，並以雄渾筆力大肆批評五四白話文的弊病。這張名單包括胡適、朱自清、郁達夫、郭沫若、冰心、艾青或戴望舒等五四名家，他們從古典走向白話，間中混合了大量西化或西而不化的遺跡。余光中棄白話走向「現代」，那現代卻是結合白話和古典，再加上外文系薰陶而成的余氏文學譜系。

除了古典和西方，另外一個重要的參照是梁實秋。梁實秋是余光中的老師，兩人同為散文家，同具學貫中西的背景，落實在散文創作上，風格則截然不同。余光中完成的散文實踐，可以說是對梁實秋散文觀點的修正和反撥。〈下五四半旗〉的隊伍裡，應該包括梁實

1　余光中：〈白而不化的白話文——從早期的青澀到近期的繁瑣〉，《從徐霞客到梵谷》（台北：九歌，一九九四），頁二六七。

2　余光中：〈論民初遊記〉，《從徐霞客到梵谷》，頁七九。

秋，以及被稱為幽默大師的林語堂。余光中的散文實驗精神，其實上承五四的文學改革意義。本文第一節擬從他的方法論出發，論述他對五四白話文的反省和批判；其次，則從建設的角度，橫向分析他充滿形式主義色彩的散文實驗，縱向論及他跟梁實秋、胡適之間的對話關係，論述余氏散文觀點的文學史意義。

一、詩之餘：作為下五四半旗的方法論

余光中第一本散文名為《左手的繆思》，正好宣示「詩之餘」的散文觀：寫詩須用右手，散文，則左手足矣。《左手的繆思．後記》（一九六三）稱這本散文集是他用左手完成的副產品[3]，則散文以詩馬首是瞻的基本立場已經確立。比這篇後記稍早的〈剪掉散文的辮子〉則直言：「對於一位大詩人而言，要寫散文，僅用左手就夠了。許多詩人用左手寫出來的散文，比散文家用右手寫出來的更漂亮。一位詩人對於文字的敏感度，當然更勝於散文家」[4]，詩人的散文是否比散文家好，固然見人見智，亦有待商榷。事隔十三年後，他在《記憶像鐵軌一樣長．後記》（一九八六）表示「現在，我的看法變了」，「散文不是我的詩餘。散文與詩，是我的雙目，任缺其一，世界就不成立體」[5]，雖然如此，〈剪掉散文的辮子〉的現代散文思考，仍然具有濃厚的詩人性格。

「詩人筆下最好的散文，比散文家筆下最好的詩，畢竟要高出許多。」[6]從個人經驗出發，「詩」在余氏的文類評價裡，是菁英文類，這個觀點來自中西的文學傳統，詩是文學的起始，是優於戲劇優於小說自然也優於散文的書寫形式，何況在西方的文類裡，純散文找不到相對應的書寫形式，因此詩的標準即是散文的標準。

其次，散文作為詩之餘的觀點，必須回到時代脈絡裡去討論，換而言之，究竟是在什麼樣的時代背景之下，催生了余氏的散文實驗？一九六三是個值得觀察的年分，正是在這一年，余光中寫下〈剪掉散文的辮子〉、〈楚歌四面談文學〉、〈鳳、鴉、鶉〉，隔年而有〈下五四半旗〉，為文白夾雜兼惡性西化的五四誌哀，宣告白話文完成階段性任務，應該走入歷史：

> 國文課本所用的白話文作品，往往選自五四或三十年代的名家，那種白話文體大半未

---

3 余光中：《左手的繆思．後記》（台北：大林，一九八四），頁一五九。

4 〈剪掉散文的辮子〉寫作日期是一九六三年五月二十，《左手的繆思．後記》則是一九六三年六月十八。引文見余光中：〈剪掉散文的辮子〉，《逍遙遊》（台北：時報，一九八四），頁二九。

5 余光中：《記憶像鐵軌一樣長》（台北：洪範，一九八七），頁六—七。

6 余光中：〈誰來晚餐〉，《青青邊愁》（台北：純文學，一九八八），頁一三四。

脫早期的生澀和稚拙。……不純的中文，在文白夾雜之外，更面臨西化的浩劫。7

六〇年代正是台灣現代詩論戰最劇的時代，余光中稱一九五九年到一九六三年是他的「論戰時期」8，論戰主題圍繞著文白之爭、現代畫和現代詩，要而言之，古典和現代如何融合的思考，如何現代，現代的意義是什麼，是論戰的重要主題；移植在散文上，則是散文如何進入現代。對余光中而言，所謂的現代有一個參照和革新的對象，那就是五四「我手寫我口」，張口見喉的白話文。

余光中把五四視為開拓者，五四的成就是語言上的解放，而非藝術的更新，一九六二年胡適逝世，象徵五四的階段性任務既已經完成，應該讓歷史回到歷史，續寫第二章的，應該是余光中等這批在四十歲以下的新筆。所謂階段性任務，是指五四散文原是口語，而非書面語，它是材料，而非藝術：

口語，在它原封不動的狀態，只是一種健康的材料而已。作家的任務在於將它選擇而且加工，使它成為至精至純的藝術。9

這番話是余光中站在他的當代，即一九六三年所說的，他對五四作家的評價是：「他們成了名，可是在藝術上並沒有成功」[10]。五四白話文運動主張用白話文取代文言文，就書面語傳統而言，是從文言變成白話，再把白話改照成書面語，「口語表達」如何成為「書面語」就成為作家首要面對的艱難工作。余光中把口語視為原封不動的狀態，其實是簡化了口語成為書面語的過程[11]，從「原封不動的口語」到「至精至純的藝術」之間，其實是一條漫長的路，大概也不是白話文運動能夠完成的目標。以上所引余氏對白話文的觀點，不妨可以跟傅斯年在〈文學革新申議〉所說的作一比較：

> 一代文辭之風氣，必隨一代語言以為轉變。今世有今世之語，自應有今世之文以應

7 余光中：〈哀中文之式微〉，《青青邊愁》，頁八三。

8 余光中：〈掌上雨．新版序〉，《余光中集》（天津：百花文藝，二〇〇四），頁三。論戰文章可參考《掌上雨》。

9 余光中：〈下五四半旗〉，《逍遙遊》，頁二。

10《逍遙遊》，頁三。

11 相關的論述頗多，可以參考夏曉虹〈中國現代文學語言形成說略〉、王風〈文學革命與國語運動之關係〉、杜新艷〈白話與模擬白話寫作〉，均收入夏曉虹等著《文學語言與文章體式——從晚清到五四》（合肥：安徽教育，二〇〇六）。

之，不容借用古者。[12]

傅斯年認為文言文是「古者」，非當代的「語言」，余光中則把五四的口語視為「古之語言」；他們的觀點都具當代性。余光中的基本立場是言文分開，傅斯年則代表五四言文合一的普遍立場，看起來似乎南轅北轍。他們的立足點卻是胡適《白話文學史》「一個時代有一個時代的文學」的理念。胡適提出「代表時代的文學」，在古典文學史裡尋找白話文運動源遠流長的歷史傳統，目的在為白話文學史正名，同時為白話文「革命」尋找歷史的支援。胡適認為一千多年的白話文歷史只有自然的演進，沒有「有意的革命」，因此發展速度緩慢，白話文運動必須在「有意的主張」和「人力的促進」下為之[13]。

恰恰就在這一點上，余光中下五四半旗的文學史意義，跟五四白話文運動的文學史意義產生了聯繫。同樣是「有意的主張」和「人力的促進」，他的態度沒有五四激烈，有時甚至是肯定的[14]。五四革命的對象是老中國，余光中璀璨的五彩筆則要為「蒼白的五四」重新上色。五四運動從西方和日本得到靈感和參照，余光中則除了西方之外，要撿回五四遺棄的古老傳統：

西化不夠，對中國的古典文學的再估價也不正確。……他們偏重了作品的社會意義，忽略了美感的價值。……艾略特所以成為西洋現代詩和詩劇的巨匠，原因之一，便在於他的調和現代口語和古典文字。[15]

胡適在〈建設的文學革命〉提出「文學的國語，國語的文學」，將文學革命和語言的現代化建設連在一起。錢玄同甚至主張廢漢字、廢孔學、滅道教，使用拼音文字。傅斯年乾脆把中國文字視為野蠻文字。五四白話文運動在它的當代是現代化的象徵，它把白話文作為文學的「工具」，從文學進化論的角度賦予它正當性，相對之下，文言文成了死文字，成了必須打倒的目標。這是時代風潮所致，理論的提出基於現實的需要，革新的態度因此必然是激進的。楊聯芬在論及五四文學的「國民性」焦慮時，指出國民性的批判理論，其實是對中國「民族性」的絕對化評價，目的在換來對民族生存狀態和制度文化的反省。這跟晚清以來社

12 轉引自程光煒等編：《中國現代文學史》（北京：中國人民，二〇〇三），頁四二。
13 胡適：《白話文學史》（北京：東方，一九九六），頁四。
14〈下五四半旗〉一開頭便是「偉大的五四已經死了。讓我們下半旗誌哀，且列隊向她致敬」。見《逍遙遊》，頁一。
15《逍遙遊》，頁三。

會改革屢屢受挫，以及辛亥革命後並無大改變的社會現實有關[16]。社會現實使得作家對傳統表達形式失去了信心，傳統不可取，轉而尋求一種新的表達形式。五四白話文運動其實是書面文體的變革，思索白話文如何以現代形式表現現代生活，至於從口語到書面語的轉換過程，卻並非如余光中所說的一面倒向大白話，從文言汲取資源的周作人即是例外[17]。余光中下了五四半旗，卻忽略了周作人，把周作人也一併掃進反古文傳統的隊伍裡。他所舉的正面例子不是同行周作人，而是現代主義大將，英國詩人艾略特（T.S. Eliot, 1888-1965），肯定他的成就在「古典和現代」的融合可見詩人在余光中心目中的地位，亦可見橫的移植對余光中的影響。此外，余氏肯定文學是「隔代遺傳」[18]，因此古文的優點必須善加珍惜。

從詩之餘和隔代遺傳的觀點出發，余光中最無法接受五四散文的淺顯，以及句法缺乏變化。批評林語堂是「在單調而僵硬的句法中，跳怪悽涼的八佾舞」[19]；朱自清則沒有一首好詩，因為朱在本質上是散文家，在詩和散文之間，朱的性格與風格近於散文。朱自清散文裡的意象，除了好用明喻而趨於淺顯，便是好用女性意象，他走的是軟性的、女性的田園風格、以及純情路線。另一方面擺不脫拘謹而清苦的身分，自塑的形象是平凡和拘謹的丈夫和教師，同時傷感濫情，樂見歐化。讀者如果沉迷於冰心與朱自清的世界，則心態仍停留在農業時代[20]。

余光中〈論朱自清的散文〉對朱自清的批評，充分顯露以詩論文的態度，並且具有強烈的個人主義色彩。然而，一九五〇、六〇年代的台灣散文，其實正流行這類五四遺風，「流行在文壇上的散文，不是擠眉弄眼，向繆思調情，便是嚼舌磨牙，一味貧嘴，不到一CC的

16 楊聯芬：《晚清至五四：中國文學現代性的發生》（北京：北京大學出版社，二〇〇三），頁一七三—一七四。

17 周作人對待傳統的態度跟胡適等有頗大的差異，他主張白話散文可以上溯古文傳統，「下有明朝，上有六朝」，明朝三袁和六朝散文都是他推崇的源頭；主張五四散文從古典吸收營養，因為中國一直有強大的散文傳統，詳細論點參見陳平原：〈現代中國的「魏晉風度」與「六朝散文」〉，《中國現代學術之建立》（台北：麥田，二〇〇〇），頁三二九—四〇二；季劍青：〈近代散文對「美文」的想像〉，收入夏曉虹等著：《文學語言與文章體式——從晚清到五四》，頁九三—一一五；舒蕪：〈兩個鬼的文章——周作人的散文藝術〉，《周作人的是非功過》（瀋陽：遼寧，二〇〇一），頁二九三—三五七；以及錢理群：〈周作人與五四文學語言的變革〉，《周作人研究二十一講》（北京：中華書局，二〇〇四），頁一三〇—一四三。

18 余光中認為文學不是優生學，而是隔代遺傳：「站在中西文化相互激盪的十字街頭，浪子們高呼要打倒傳統，孝子們則高呼傳統萬歲。這種文學的進化論和退化論都是不能成立的，因為文學既不進化也不退化，而是迴旋式的變化，是所謂「隔代遺傳」（atavism），而不是優生學（eugenics）。」見余光中：〈楚歌四面談文學〉，《逍遙遊》，頁二四。

19 《逍遙遊．後記》，頁二〇八。

20 余光中：〈論朱自清的散文〉，《青青邊愁》，頁二一三—二三七。

思想竟兌上十加侖的文字」[21]。以下引用〈論朱自清的散文〉一段文字，藉此反證余氏散文的基本理念：

> 他的觀察頗為精細，宜於靜態的描述，可是想像不夠充沛，所以寫景之文近於工筆，欠缺開闔吞吐之勢。他的節奏慢，調門平，情緒穩，境界是和風細雨，不是蘇海韓潮。他的章法有條不紊，堪稱紮實，可是大致平起平落，順序發展，很少採用逆序和旁敲側擊柳暗花明的手法。他的句法變化少，有時嫌太俚俗繁瑣，且帶點歐化。他的譬喻過分明顯，形象的取材過分狹隘，至於感性，則仍停留在農業時代，太軟太舊。他的創作歲月，無論寫詩或是散文，都很短暫，產量不豐，變化不多。[22]

這段文字可以作為余氏散文論的反證，朱自清在五四散文家裡算是大家，余氏對朱的批評可以代表他的散文觀點。要而言之，以上引文指出，朱自清的散文缺少現代散文應有的彈性、密度和質料。用余氏的說法，是無法滿足讀者對美感分量的要求，無奇句復無新意，是余氏認為惟「流暢」而已的單調。句法變化少流於僵化或者惡性歐化，意象尤其不夠現代，因有停留在「農業時代」的評價。

另有一個比較爭議的角度，是余氏認為朱自清的散文「太軟」，不夠陽剛，雄渾。這固然跟余氏自身的風格頗類「蘇海韓潮」的雄渾有關，朱自清的散文地位在五四，憑著〈背影〉就已經確立了卻是不爭的事實。中國學者倪文尖指出，朱自清的「陰柔」風格（余氏評語），或者女性意象，頗符合五四反父權傳統的時代風潮。〈背影〉刻畫的父親形象是細心、體貼、並不強壯有力的特點，跟粗心、堅毅、強而有力的傳統形象相悖，他毋寧是以母親的形象去書寫父親[23]。按照這樣的思考，朱自清散文一貫的女性化意象，或者冰心書寫母親的主題，在五四都能得到肯定和迴響，這種「女性擬人格」的寫作風格，正是時代的社會語境使然。

撇開時代和個人風格的因素，朱自清的散文觀亦跟余光中截然不同，在〈論現代中國的小品散文〉裡，他認為現代散文所受的影響，是外國的影響；他寫散文是因為詩和小說寫不成，「既不能運用純文學的那些規律，而又不免有話要說，便只好隨便一點說著；憑你說『懶惰』也罷，『欲速』也罷，我是自然而然採用了這種體制」[24]。這樣的觀點落實在散文

21《左手的繆思．後記》，頁一六〇。

22《青青邊愁》，頁二三六。

23 倪文尖：〈〈背影〉何以成為經典？——「超保護的合作原則」及其他〉，刊於《新青年．文學大講堂》<http:newyouth.beida-online.com/data/data3?bd=wenxue&ud=07028hb11>，截取：二〇〇八年五月十日。

24 朱自清：〈論現代中國的小品散文〉，收入王鍾陵編：《二十世紀中國文學史文論精華（散文卷）》（石家

裡，便犯了余光中詬病的歐化，以及湯湯水水隨意而為的缺點，特別是「有話要說」又「隨便一點說」的態度，落筆便成大白話，二者均為余氏所誡。其次，朱自清的散文平淡樸質，平起平落，缺乏大開大闔的想像，乃是因為他把散文視為「說話」，加上「懶惰」和「欲速」的態度，這樣的散文彈性密度和資料無一具備。把散文視為說話的文言合一觀點，正好跟余光中文言分開的見解相悖；特別是朱自清在本質上「只是」散文家，跟余氏詩人本色的思考，更是無法契合。

二、煉丹術：散文的形式主義實驗

五四散文作家裡，跟余光中關係最密切，也最值得討論的是梁實秋。梁氏是余光中的老師，如果有所謂影響論，則反對西化和繼承古典傳統的文學觀確實一脈相承。余光中〈文章與前額並高〉有以下這段話：

梁先生最恨西化的生硬和冗贅，他出身外文，卻寫得一手道地的中文。一般作家下筆，往往在白話、文言、西化之間徘徊歧路而莫知取捨，或因簡而就陋，一白到底，一西不回；或弄巧成拙，至於不文不白，不中不西。梁氏筆法一開始就逐走了西化，留下了文言。他認為文言並未死去，反之，要寫好白話文，一定得讀通文言文。[25]

以上這段話亦可視為余光中對白話文和文言文的態度，兩者應該文白相融，縱的繼承和橫的移植必須取得調和，這跟梁實秋的態度相同。梁實秋在〈現代中國文學之浪漫的趨勢〉（一九二六）批評白話文運動「以文學遷就語言」，正是余氏把「口語視為材料」的立場。〈現代中國文學之浪漫的趨勢〉指出：「把外國以日常語言作文的思想傳到中國，只從反面的效用著眼，用以攻擊古文文體，而不從正面努力，以建設文學的文字的標準。他們並且變本加厲，真真要做到『言文一致』的地步，以文學遷就語言，不以文字適應文學，這是浪漫主義者倡導白話文的結果」[26]。梁實秋本是浪漫主義的信徒，一九二四年進入哈佛大學師事白璧德（Irving Babbitt, 1865-1933）後，成為白氏思想的擁護者，反對浪漫主義和頹廢，認為文學須講究紀律和情感的純正，以理性駕馭情感，以理性節制想像，反對不羈的熱情，推崇儒家思想等，這些想法均體現在梁氏的文學觀裡。

莊：河北教育，二〇〇〇），頁二五—二六。

25 余光中：〈文章與前額並高〉，收入余光中編：《秋之頌》（台北：九歌，一九九九），頁二一九。

26 梁實秋：《梁實秋論文學》（台北：時報，一九八一），頁六。

侯健指出〈現代中國文學之浪漫的趨勢〉「全屬白氏口吻」[27]，因此梁實秋批評白話文的改革者徒具浪漫情懷，滿腔改革的熱情，卻無正面的建設。梁實秋不廢文言，反對歐化的態度，便是余光中〈文章與前額並高〉所陳義的「一開始就逐走了西化，留下了文言」。梁氏認為「文學是男性的、強健的；不是女性的、輕柔的」[28]的觀點，在余光中那裡則是批評朱自清是軟性的、女性的風格，稱讚張曉風是「亦秀亦豪的健筆」，由此可以見出二人「男性的」文學觀點。

梁實秋反對浪漫主義，並由此衍伸出「節制」的文學觀，認為「文學的力量，不在於開擴，而在於集中；不在於放縱，而在於節制」[29]。〈論散文〉特別提出散文最根本的原則，就是「割愛」；最高的理想，則「簡單」二字[30]。他認為文學的形式最重要是單一，因此必須免除過多的枝節，因此字句的琢飾，語調的整肅，段落的均勻都不重要，要而言之，梁實秋提倡的「節制」美學具體落實在散文上，可分成兩個層次理解：一是情感的內斂，二是字數的節省。

梁實秋「割愛」的具體表現，是「小品」多而長篇的散文少，《雅舍小品》四集固然短文占絕大多數，《雅舍散文》二集長篇的為數也不多，《雅舍談吃》尤多戛然而止的極短文。梁氏認為散文應該清楚明白，重主幹而少枝節，好處是要言不繁，俐落輕快，卻令讀者常有意猶未盡之感，〈芙蓉雞片〉、〈烏魚錢〉、〈茄子〉、〈拌鴨掌〉等即是。順著「節制」

的要求，梁氏的小品直言直語多，迂迴曲折少，最擅長「說理」，而這點也符合他正視人生，且正視人生全體的寫作主旨。因此梁氏散文絕少汪洋姿肆。大開大闔、馳騁想像以及試鍊文字文句的散文實驗，倒是由余光中另闢新徑，在這一點上，喜歡「蘇海韓潮」的余氏可謂走出一條跟梁實秋完全不同的路。

余光中擅長長篇散文，黃國彬稱之為「大品散文」，因篇幅長，筆勢、想像較大，因而可以容納奇特橫放、天風海下式的想像，便於營造雄偉陽剛的氣勢和動感，也就可以試驗文

27 侯健：〈梁實秋先生的人文思想來源〉，收入《秋之頌》，頁七五。關於情感的節制，余光中的觀點亦頗有傳承，〈楚歌四面談文學〉有兩處文字可以證明：「詩人之所以成為詩人，與其說是因為他熱情奔放，不如說是因為他，正好相反，比常人更能保持冷靜，並且恰好在一個距離外，反躬自省，將那分熱情（就算是熱情吧）間接地，含蓄地，變形地，點化成可供獨立觀賞的藝術品」，頁一五；「浪漫主義者比較幼稚的一面，便是自憐，且訴諸讀者的自憐。……最深刻的藝術，不是「刺激」讀者，使之流淚，而是要賦與讀者一種新的宇宙性的觀照能力；它予讀者以「悲劇性」（tragic vision），而不是一手絹一手絹的眼淚」，《逍遙遊》，頁一六。

28 梁實秋：〈文學的紀律〉，《梁實秋論文學》，頁一一六。

29 《梁實秋論文學》，頁一一七。

30 梁實秋：〈論散文〉，收入《二十世紀中國文學史文論精華（散文卷）》，頁三〇。

字和節奏[31]。黃國彬對余光中如何以散文實踐自身散文文論有頗為詳細的論述，不再贅述。要而言之，余光中除了改革的熱情之外，尚有「正面的建設」。余光中大開大闔的大品散文，跟梁實秋直言直語、少見迂迴曲折的小品，倒是兩種截然不同的風格，亦可謂以實踐回應梁實秋的節制美學。余氏期待散文「有聲，有色，有光」，「應該有木簫的甜味，釜形大銅鼓的騷響，有旋轉自如像虹一樣的光譜，而明滅閃爍於字裡行間的，應該有一種奇幻的光。一位出色的散文家，當他的思想與文字相遇，每如撒鹽於燭，會噴出七色的火花」[32]，這段聲光顏色盡收筆底的詩化文論距今四十餘年，以一連串的象徵和譬喻撞擊讀者的感受，情感外放，彈性密度質料兼而有之，跟講究字數節省，情感內斂的梁實秋根本是兩極。

我以為最根本的關鍵，在於梁實秋本身是散文家，余氏則本質上是詩人。詩人強調形式的要求，我們可以說，詩和散文，在余光中那裡是一體之兩面，「提煉出至精至純的句法和與眾迥異的字彙」[33]，這種思考讓我們想到形式主義大將什克洛夫斯基（Viktor Shklovsky, 1893-1984）在〈作為技術的藝術〉一文所說的，藝術是以技藝將事物「陌生化」（unfamiliar），以複雜的形式和手法，增加感受的難度和長度，也就是說，陌生化讓讀者在審美的過程中受阻，「藝術是一種體驗事物的設計」[34]，余光中對白話文的批評，即建立在「增加感受的難度和長度」的散文詩化上，白話文的口語作為第一線的實用性語言，是沒有經過外力扭曲、加工或變化的原始材料，白話文如果要成為創造性的現代散文，就必須「陌生化」。什克洛夫斯基的陌生化主要想喚起我們對生活和世界的詩意感受，因此素材必須經過處理和變形。余氏散文實驗的內涵，正可在形式主義那裡找到對應之處。

細看余氏對現代散文的三個條件：一是彈性，指這種散文對於各種文體，各種語氣能夠兼容並包融和無間的高度適應能力；二是密度，在一定的篇幅中（或一定的字數內）滿足讀者對於美感要求的分量；三是質料，是指構成全篇散文的個別的字或詞底品質，它決定散文的趣味或境界[35]。這三者豈不是技術上的操練和表演？以下引用〈作為技術的藝術〉一段話和《逍遙遊．後記》以為對照：

> 因此作品可能作為散文被創造，而感受為詩；作為詩被創造，而感受為散文。這表示作品的藝術性是感受方式產生的結果，藝術性的作品就其狹義而言，乃是指以特殊技

31 黃國彬：〈余光中的大品散文〉，收入《余光中精選集》（台北：九歌，二〇〇二），一五—三六。

32 余光中：〈下五四半旗〉，《逍遙遊》，頁三。

33 余光中：〈誰來晚餐〉，《青青邊愁》，頁一三四。

34 Viktor Skhlovshy, "Art as Technique" ed. Robert Con Davis & Ronald Schleifer, *Contemporary Literary Criticism,* (New York: Longman, 1989), p. 58.

35 余光中〈剪掉散文的辮子〉《逍遙遊》（台北：時報，一九八四），頁三八—四〇。

術創造出來的作品，目的是為了使作品盡可能有藝術性。[36]

我倒當真想在中國文字的風火爐中，煉出一顆丹來。在這一類的作品裡，我嘗試把中國的文字壓縮，搥扁，拉長，磨利，把它拆開又拼攏，折來且疊去，為了試驗它的速度、密度、和彈性。[37]

什克洛夫斯基強調「技術」是決定作品的關鍵，余光中的散文實驗正是著力於表現方法，第二段引文無疑是文字煉丹術，複雜的形式和手法，正體現了以外力扭曲，加工或重新演練白話文的技術，用余光中的話來說，是讓文字產生聲光顏色，這是詩人鍛字鍊句的本色。余光中認為「文學上如果也有進步的現象，那往往是偏於技巧，而不是精神。……文學作品有時代性，也有永恆性，而後者是無法進化的」[38]，由此可見余光中在技巧上信仰胡適「一個時代有一個時代文學」的理念。他充滿形式主義色彩的嘗試，卻因此跟胡適以白話寫新詩的嘗試精神有了呼應。同為幽默的風格，他以「彈性」糾正林語堂僵硬而單調的句法；以長文對照梁實秋的小品，在風格上則以多元多變超越梁氏的單一；以「男得充血的筆」、「一種雄厚如斧野獷如碑的風格」[39]對治代媚而無骨的陰柔散文。「如斧如碑」是余光中對自己散文的譬喻，余光中的散文確實有稜有角，斧痕斑斑，密度彈性構成厚實而堅硬的質料，他是自己理論的最佳實踐者。

結論

余光中曾經多次提到他欣賞的英國詩人艾略特。我們不能證明余氏的散文實驗受到艾略特的啟發，然而艾略特是新批評的代表人物，六〇年代的台灣學界，新批評之風正興，亦是余氏散文實驗提出的年代；其次，艾略特〈傳統與個人才能〉（Tradition and the Individual Talent）的論點，或許可以作理解余氏散文觀點的參考。首先，艾略特提到個人與歷史，個人與當代的關係：

> 如果傳統只是追隨前一代，或僅是盲目或膽怯的墨守前一代成功之處，「傳統」自然

36 *Contemporary Literary Criticism*, p. 56.

37《逍遙遊》，頁二〇八。

38《逍遙遊》，頁二二五。

39 余光中：〈余光中散文觀〉，《余光中精選集》，頁五〇。

不值得遵崇。我們見過許多這樣的例子，潮流一來便消失在沙裡；新奇比重複好。[40]

這段文字可見艾略特對傳統的繼承和改革觀點。他提出傳統是用來被超越，或者作為創新的基礎，這是傳統對個人的意義。要而言之，他強調新奇的事物或觀念比重複好，要勇於推陳出新。其次，艾略特指出，藝術經典本身就構成一個理想的秩序，這個理想的秩序在新作品進來時會重新調整。因此不能單獨地評價作家，得把作家放在歷史裡，以便跟舊的作家產生新舊對比[41]。余光中的散文實驗正符合艾略特「新奇比重複好」；從文學史的角度來看，則是新作品出現時，經典的位置必然會不斷調整，這是〈下五四半旗〉的意義，同時遙遙呼應胡適《嘗試集》和《白話文學史》的精神和視野。以五四散文為典律的一九六〇年代，文壇上盡是稱為「陰柔」、「媚而無骨」散文的時代，遂有余氏「現代散文」改革的呼籲。在這一點上，余氏同時有嘗試和創造之功。然而余氏最大的成就不是在理論框架，而是創作。他以豐沛多變，磅礡雄渾的散文風格，在記遊、幽默、敘事、抒情、議論，乃至序跋各種散文類型上，融合古典與白話，重寫五四散文。五四小品在余氏那裡遂一變而為大品，下五四半旗而現代散文大纛升焉。

參考書目

Eliot, T.S. "Tradition and the Individual Talent" ed. Robert Con Davie & Ronald Schleifer, *Contemporary Literary Criticism* (New York: Longman, 1989), pp. 26-31.

Skhlovshy, Viktor "Art as Technique" ed. Robert Con Davis & Ronald Schleifer, *Contemporary Literary Criticism* (New York: Longman, 1989), pp. 54-66.

方　忠：〈余光中與台灣當代散文的創新〉，《文學評論》二〇〇六年第六期，頁七三—七八。

方　珊：《形式主義文論》（濟南：山東教育，一九九九）。

王鍾陵編：《二十世紀中國文學史文論精華（散文卷）》（石家莊：河北教育，二〇〇〇）。

朱立元、李鈞編：《二十世紀西方文論選》（北京：高等教育，二〇〇三）。

余光中：〈金燦燦的秋收〉，收入余光中編：《秋之頌——梁實秋先生紀念文集》（台北：九歌，一九九九），頁二五—三九。

余光中：《分水嶺上》（台北：純文學，一九八一）。

---

40 T.S. Eliot"Tradition and the Individual Talent" ed. Robert Con Davie & Ronald Schleifer, *Contemporary Literary Criticism*, (New York: Longman, 1989), p. 26.

41 *Contemporary Literary Criticism*, p. 26.

余光中：《日不落家》（台北：九歌，一九九八）。
余光中：《左手的繆思》（台北：大林，一九八四）。
余光中：《余光中集》（天津：百花文藝，二〇〇四）。
余光中：《青青邊愁》（台北：純文學，一九八八）。
余光中：《記憶像鐵軌一樣長》（台北：洪範，一九八七）。
余光中：《從徐霞客到梵谷》（台北：九歌，一九九四）。
余光中：《望鄉的牧神》（台北：純文學，一九七五）。
余光中：《逍遙遊》（台北：時報，一九八四）。
余光中：《焚鶴人》（台北：純文學，一九七二）。
余光中：《隔水呼渡》（台北：九歌，一九九〇）。
余光中：《憑一張地圖》（台北：九歌，一九八八）。
余光中：《聽聽那冷雨》（台北：純文學，一九七四）。
余光中編：《秋之頌》（台北：九歌，一九九九）。
余光中：《余光中精選集》（台北：九歌，二〇〇二）。
李　培：〈試析余光中「以文為論」的獨特評論風格〉，《哈爾濱學院學報》第二六卷第四期（二〇〇五年四月），頁六九—七三。
胡　適：《白話文學史》（北京：東方，一九九六）。

范培松：〈台灣散文變革的智者和勇者〉，《海南師範學院學報》二〇〇一年第五期，頁四一—四五。

范培松：《中國散文批評史》（南京：江蘇教育，二〇〇〇）。

倪文尖：〈〈背影〉何以成為經典？——「超保護的合作原則」及其他〉，刊於《新青年・文學大講堂》<http:newyouth.beida-online.com/data/data3?bd=wenxue&ud=07028hb11>

夏曉虹等著：《文學語言與文章體式——從晚清到五四》（合肥：安徽教育，二〇〇六）。

徐光萍、卞新國：〈「散文的辮子在哪裡」余光中散文的誤區〉，《評論和研究》一九九七年四月，頁三〇—三三。

梁實秋：《梁實秋論文學》（台北：時報，一九八一）。

陳　寧：〈論余光中散文文體意識的對抗性〉，《哈爾濱學院學報》第二八卷第八期（二〇〇七年八月），頁八一—八四。

陳平原：〈現代中國的「魏晉風度」與「六朝散文」〉，《中國現代學術之建立》（台北：麥田，二〇〇〇），頁三二九—四〇二。

程光煒等編：《中國現代文學史》（北京：中國人民，二〇〇三）。

黃維樑編：《璀璨的五彩筆——余光中作品評論集（1979-1993）》（台北：九歌，一九九四）。

楊聯芬：《晚清至五四：中國文學現代性的發生》（北京：北大，二〇〇三）。

趙憲章編：《西方形式美學》（上海：上海人民，一九九六）。

劉川鄂：〈讀余光中對朱自清散文的批評〉，《世界華文文學論壇》二〇〇一年三月，頁五〇—五三。

無盡的搜尋
——論楊牧《搜索者》

——我們不能停止生長，不能不繼續搜索（楊牧．〈科學與夜鶯〉）

楊牧在《年輪》中提到：「變不是一件容易的事，然而不變即是死亡。變是一種痛苦的經驗，但痛苦也是生命的真實」[1]。以這段話來和上述引白〈科學與夜鶯〉的兩句話相互印證，我們可以對《搜索者》提出這樣的疑問：搜索者果真搜索到他所追求的形式和風格上的變化了嗎？假設答案是肯定的，那麼，我們接著還要追問：這個變化究竟在《搜索者》之後，以什麼樣的方式說服讀者，他確實是搜索到了一種（或多種）的形式和意象，在《搜索

1 楊牧：《年輪》（台北：洪範，一九八二），頁一七七。

者》之後的數本散文集裡，開枝散葉，不斷生長？

論者多以為《搜索者》是一本成熟的作品，這時期的楊牧雖然仍是（證諸其後的散文，也一直是）浪漫主義的信徒，但經過《年輪》和《柏克萊精神》的洗禮，其對社會和人世的關懷，使葉珊時期的浪漫情感得以沉潛和提升；《年輪》時期高度象徵和大量寓言的抽象表現方式，至此已從容出入抽象和具象之間；但《搜索者》更耐人尋味的是，它在楊牧的散文創作上承先啟後的角色，以及它所蘊藏的多重搜尋主題。

搜索是這本散文的主題，然而搜索亦是一種象徵的說法。在行文上，敘述者的語氣顯得遲疑，一再出現的「也許」、「彷彿」、「可能」、「不知道」等等，使得一個搜索者的徬徨形象昭然若揭；在行動上，這個搜索者躑躅猶豫，反覆思索，甚至連出發也是在一種莫名所以的狀況下，是沒有目標的，反覆強調是被一絲細微而強大的召喚，神秘卻又無比真實的聲音所牽引，沒有理由回頭[2]。於是我們可以說，所謂的「神秘召喚」、「出發」等都是象徵的說法。作者所思索的問題，不外乎生命與學術的關係、科學與人文的調和、真實與虛偽的思辨等等。要而言之，這些對於宇宙人生的關懷，最後都要歸結到創作上的變與不變，他稱之為「葉慈的問題」[3]。葉慈在楊牧心目中比華茨華斯偉大，乃因他能於中年後擴充深入，提升他的浪漫精神，進入神人關係的探討，而評判現實社會的是非，這樣的創作歷程其實亦是楊牧散文的創作歷程，只不過《年輪》思變時期的楊牧只有三十歲，比三十五而變的葉慈早慧。

《搜索者》的篇章安排，其實很符合從葉珊到楊牧的風格轉變。〈搜索者〉和〈出發〉保留了《年輪》時以抽象為藝術之目的的特色，雖是散文的體裁，卻宜以詩的方式解讀。這兩篇使用象徵和比喻，較諸全書其他篇章保留更大的詮釋空間。旅行的目的並不是為了觀賞風景，他是在尋找「一條全新的路線」，搜尋「一種全新的體念」，因而這次旅行實際上是一次結合內外的搜索，作者所思考的問題並沒有形諸文字，這一點，倒是與其敘事策略一致，他時而猶豫，時而否定，迂迴曲折的語氣，委婉傳達出對目的不明確的遲疑態度：

> 我的車子快速北上，彷彿充滿了決心要離開一個什麼地方，去尋找一個什麼地方，而事實上我在猶豫，心裡毫無聲息，因為我不知道我在尋找什麼。[4]

從上述所引的句子我們發現，這實在是一次形而上的搜索。在地理上，他永遠不知道自己終將止於何方，但是他很清楚自己必然要離開一個地方，楊牧在《年輪》中求變的表白就是這

2 楊牧：《搜索者》（台北：洪範，一九八四），頁二—四。
3 楊牧：《柏克萊精神》（台北：洪範，一九七七），頁一一。
4 楊牧：《搜索者》，頁一二。

段引文最好的註腳，因此這也是他的「內心風景」（mental landscape）。乍看之下，這段話不但矛盾，也不合理；可是從創作的意義上講，這卻是一個創作者思變時的必然寫照。變是必然，因為不變等於死亡。但是，如何變，變了之後，究竟是好是壞，卻是誰也無法預見的事情。所謂境由心生，在這樣矛盾的思想背景下，於是連風景也呈現一種不安定的狀態：

我從塗瓦森海灣出發時，豪雨還沒有停上，而且好像永遠不會停止的樣子。這是我反身鎖車門時候的情緒，奈何豪雨不像有它停止的時候[5]。

風景是作者內在心境的投射，王國維所謂有我之境，以我觀物，故物皆著我之色彩，於是作者的不穩定情緒也投射在風景上，不止如此，連時間也變得無法判斷，作者以為那「可能是凌晨，也可能很晚了」[6]，繼之對雨發愁，不知道該不該出去，「我這樣猶豫著，永遠是猶豫」[7]。這樣塑造出來的搜索者，可以用楊牧〈搜索者〉一詩所勾勒的形象作為輔助說明：

你感覺到嗎？你已走入森林了
憔悴已爬上你的鬍鬚了
深深的腳印宛若踐踏在我的胸膛上[8]

走入森林的搜索者自然是徬徨的，經過長遠旅途的搜索者當然也是憔悴的，但是他的步履卻十分堅定，「深深的腳印」充分傳達出搜索的決心和堅定的意志，也頗能呼應散文版的《搜索者》所說的：「永遠肯定的一莊嚴的搜索」[9]。

如果把〈搜索者〉和〈出發〉兩篇當成是全書的總綱，其寫作手法是象徵和隱喻，那麼接下來的〈科學與夜鶯〉則是較具象的，對前面兩篇的提問，給出答案。〈科學與夜鶯〉反覆思辨學術與詩、科學與藝術之間的關係，進而論及所謂幸福、真理和永恆的意義。構成題目的二組意象本身便十分具頡頏性，它們在一般人的認知裡是不相關，甚而是相反的領域。但知識之路在漸行漸遠，愈掘愈深的時候，它們亦是相通的——星星（科學）和歌德（文學）之間並非全無溝通的可能：

> 廣大穹廬，星光點點，他竟能一一指認，用虛線連接那些散置的天體，有時還用「補

5 《搜索者》，頁一〇。
6 《搜索者》，頁一二。
7 《搜索者》，頁一三。
8 楊牧：《楊牧詩集》（台北：洪範，一九八六），頁九九。
9 《搜索者》，頁八。

> 助線」，幫我意會（conceptualize）星和星之間的關係。難得等我找到的時候——有時裝著找到，其實並未找到——便把星星和希臘神話也連接起來，這時我也用虛線，甚至補助線，各種比喻和寓言，幫他綜合（synthesize）神和神之間的關係……物理系的本行的方法好像應當是綜合，他卻在慫恿我用意會來認識天體；外文系本行的閱讀習慣難免多是意會，我卻在鼓勵他使用綜合去認識諸神。[10]

這一大段引文使《搜索者》究天人之際的終極目標呼之欲出——世間萬物沒有什麼是必然對立的，因而詩是片刻的體認，但未嘗不可成為永恆的知識；科學講求實證，卻仍有心志感情。這裡我們讀到自葉珊時期就已發端的那種上下求索的精神，「有時我也同那神秘的靈魂說話，喃喃地叩問生命和詩篇的意義。我幾乎不認識自己，只知道在人世間至美的就是詩，就是偉大的心靈，就是追求『美』的精神」[11]，只不過那時葉珊仍耽溺於美，覺得「科學也沒意思，無聊」[12]，而在〈科學與夜鶯〉中則不斷探詢「真」（科學），甚至試圖探尋它和「美」（夜鶯）之間互通的可能。

〈普林斯頓的秋天〉、〈普林斯頓的冬天〉和〈普林斯頓的春天〉三篇仍延續這個主題，在時序上它們是貫連的，延續葉珊時期的浪漫抒情，自然的遞嬗和生命的轉折相互指涉。在寫作手法上，卻更接近《年輪》的象徵手法；主題則是《搜索者》對真與偽的思辨：

> 瓊思樓也是冰涼靜寂的，有一點點肅穆，一點點虛偽。我知道，就是等到冬天，等到春天，它也還是冰涼靜寂的。真有學問的教授還將因為文史詩書的薰陶而肅穆；而假裝飽學的教授還將假裝下去，腰帶上紮著一條絳紅的汗巾，蹙口吹莫札特的小調子，在雪地裡，在木蘭花影中遛狗。[13]

> 瓊思樓也是沉悶靜寂的，有一點點肅穆，一點點虛偽。我知道，就是等到春天，等到夏天，它也還是沉悶靜寂的。真有學問的教授還將因為文史詩書的薰陶而肅穆；而假裝飽學的教授還將假裝下去，腰帶上紮著一條絳紅的汗巾，蹙口吹莫札特的小調子，在雪地裡，在木蘭花影中，在榆錢楓羽下遛狗。[14]

以上所引這兩段文字分別是〈普林斯頓的秋天〉和〈普林斯頓的冬天〉的結尾，文字大致相

10《搜索者》，頁二一。
11 楊牧：《葉珊散文集》（台北：洪範，一九七七），頁一〇二。
12《葉珊散文集》，頁二。
13《搜索者》，頁四〇。
14《搜索者》，頁四七。

同，第二段引文框起的文字只是小改。學院當是追求真理的所在，卻仍不免於假道學摻雜其中。〈普林斯頓的秋天〉、〈普林斯頓的冬天〉和〈普林斯頓的春天〉三篇文章固然流露生活安穩的幸福，以為這是十多年來最閒適寫意的日子，卻仍不免於行文中諷刺「那一點點肅穆和虛偽」。然而大致上普林斯頓大學仍有它一貫的傳統和學風，對真理的熱愛則仍是令人感動的，譬如人們整個春天都在談論著愛因斯坦所說的一句話：「真理並非不可能」。因此時序的推移是布景，它成為文章敘述的底色，在時序的交迭和物象的描寫當中，突顯出知識分子的敏銳觀察，這兩段文字乍看是單純的敘事而實有所指，兩段重覆的文字暗示推移的是季節，不變的特質譬如虛偽的教授，並不因時序的遞嬗而有所改變。

從普林斯頓以下的五篇，相繼以地理上的移位顯示搜索的痕跡，然而無論是紐約、西雅圖、台灣或是金士屯，這四篇在比例上，以記事多，象徵少；在節奏上，則顯得從容不迫，節奏的改變和安寧靜謐的生活相關，他自稱結束了多年流浪的生活——當然，這可以是實指，亦可視為象徵。

六月間翻過雲霧中的山巒，滑落蒼松古柏的公路，回到了西雅圖，海洋和湖泊都是明亮的，陽光照在山坳裡，大街上。海鷗在紅綠燈之間拍翅鼓翼，鮭魚在運河深水裡勇敢旅行。我彷彿未曾來過的地方，但又彷彿是歸來，從精神的飄泊歸來。我是曾經來過，曾經住過。北西北偏西，多礁石的海岬。15

這一段文字的意象和節奏都十分可觀。夏天明朗的色調，海鷗展翅和鮭魚旅行的意象，都同時指涉作者歸來的心情。但是敘述者卻使用不確定的語氣。這個地方作者或許曾經來過，但彼時精神尚在飄泊，就這個層次來說，他可以宣稱是「彷彿未曾來過」的；這次再來，精神不再飄泊了，於是便「又彷彿是歸來」。在節奏上，長句和短句的交疊使得文氣流動飄逸；簡潔的文字卻提供讀者極佳的視覺效果。引文一開始首先交待時間是六月，然後讓所有的景物隨著公路的蜿蜒漸次鋪展，視覺遂漸漸隨著敘述者的行進而開拓，繼而說「陽光照在山坳裡，大街上」。這麼簡單的句子，卻讓原先從遠而近橫向掃瞄的風景，再增加立體效果——陽光從上而下，於是讀者不只看到遠景，視線亦從遠而向上飛升，形成極佳的視覺想像。這樣安靜美好的景象，反而令飄泊慣了的敘述者遲疑了，因而接下來的後半段引文，乍信乍疑的敘述策略充分反映他對眼前美好的不能置信。

若以象徵讀之，這時期的楊牧在散文的創作上，他找到了一組意象和比喻，一種敘事的方法，不再像葉珊時期那樣把散文當成是詩人的副產品，承認「散文對我說來是和詩一樣重

15《搜索者》，頁六六。

要的」[16]；在題材上，他繼續《年輪》時介入社會的關懷，譬如〈西雅圖誌〉裡這樣的敘述：「冬雨開始飄落的時候，我聽到一些消息。磋商，火把，演講，衝突，逮捕」[17]，景色於是成為配角，冬雨的飄落並不是作者最想交待的事，重點是後面一連串的抗爭。如果說浪漫的葉珊和艱澀的《年輪》屬於天上，則《搜索者》是回歸人間的。因為題材的轉變，純粹的象徵和比喻再無法貼近素材，於是不得不調整象徵和比喻的運用，這裡我們讀到散文最動人的質素：對世事的洞明和人情的體察。小至細微的生活瑣事和懷念故人，大至對土地的情感，生命、學術和真理的探尋，重新「出發」的楊牧無論寫景敘事，都顯得特別老練成熟。甚至在〈紐約以北〉這篇象徵使用最少的散文中，加入中國和美國文人性情異同的論述，都能突顯出知識分子散文的思辨特色，亦充分印證楊牧要求「文章寫得簡潔不難，但要寫得意思複雜，文采豐富」[18]的原則。我們可以再舉下例一段文字，進一步印證「文章簡潔，意思複雜，文采豐富」：

冰冷的，彷彿是陌生的，似曾相識。我從書桌前抬起頭來，喬叟全集靠在小窗口，窗外一棵常綠的山躑躅；我從一些磋商，火把，演講，衝突，逮捕中抬起頭來，成堆的報紙和通訊中睜開眼睛，雪，像淚一樣，冰冷又彷彿那麼陌生那麼熟悉，紛紛落在院子裡。我不能置信，這果然是一場激烈的一場好雪。我們以為冬天已經過完了，光陰正在一寸一寸地延長，每天都在延長，而春天也即將來到。不期然間，在我們毫無提防的一個寒天的午後，雪以淚底姿勢飄滿了院子，小巷，大街，整個小河橫切的谷地，遮蓋了整個城市西雅圖。[19]

這段引文中的雪和淚，是一組相互指涉的意象。敘述者的立場是同情（或支持）社會運動的，因此當他從這些新聞中抬起頭來，落下的雪其實是他的淚。因此所謂的冰冷、陌生或熟悉等對雪的感覺描寫，其實同時也指敘述者對淚的感覺。他雖然無法相信，在這冬天已過的時節還會下這「一場激烈的好雪」，但是也幸好有這場雪（因此是「好」雪），可以讓情緒得以宣洩。這段文字所營造的感傷氣氛，關鍵在對於雪和淚的反覆強調，類似的句子出現了兩次，穿插在敘事之間，大量的逗號使節奏變得很緩慢，很哀傷。事和情交織無痕，不說理而理自明，文字省略近乎潔癖，象徵使每一字都發揮了作用，譬如冬天象徵內心和外在環境

16《搜索者》，頁ii。
17《搜索者》，頁六五。
18 楊牧：《文學的源流》（台北：洪範，一九八四），頁八八。
19《搜索者》，頁七一。

的寒冷。作者的情感雖然含蓄，卻十分淋漓。

同樣寫雪景，在〈冬來之小簡〉中的雪則呈現截然不同的樣貌：

（雪）比雨水更秘密更輕柔的，彷彿是一種叮嚀，一種勉勵，一種提示。那時什麼都不想，心裡卻是充實而滿足的。倘若雪打在綠竹上，你推門去聽，那聲音更遙遠些，介乎真實和虛幻之間，而又如此匆促急躁，那時你想得最多，放縱地思索著，追蹤著，可是心裡也還是充實而滿足的。[20]

寫這段文字時，兒子名名已出生，楊牧正享受著幸福的家庭生活，這時耳聞目見無不可愛，連雪落的聲音都可以成為叮嚀和提示，全然只見美好的光景。〈海岸七疊〉、〈山坡定位〉和〈冬來之小簡〉都同樣流露出滿足的主調，甚至連真實和虛幻都是甜美的。這三篇以下的散文開始脫離搜索階段，不論是調侃自己無緣於草木之種植，或是藉酒回憶師朋，談品茗經驗，或是悼念故人，再沒有〈搜索者〉或〈出發〉時的抽象和傷感，形式和技巧在這幾篇裡已化於無形，而與內容完美地結合，雖時有掉書袋的現象，卻是信手拈來人事皆成文章。

倘若《搜索者》始於〈搜索者〉而終於〈霜滿天——懷許芥昱〉，從抽象到具象，從搜索到肯定，從自然到人事，在篇章安排上看似顯得完美，最後一篇〈土撥鼠芻言〉不免突兀，似有畫蛇添足之嫌。但細讀此篇，卻有綰結整體的意味。土撥鼠順時而動，應時而生，最能洞悉大自然的規律。土撥鼠如此，鮭魚亦然。然而人類對大自然的破壞對土撥鼠造成的影響，卻是牠們所無法預防的。這篇散文可視為環保文章，但其中環保意識的起點，卻可溯源自葉珊時期對大自然的敏銳感應，經過《年輪》時自我介入社會的要求，進而提升為環保意識。

循著這樣的線索去思考，《搜索者》裡實隱藏了多本散文的伏線：〈科學與夜鶯〉裡對宇宙的好奇，思索科學與文學二者之間如何可能，日後發展為《星圖》；《疑神》則是對神人關係的探詢，並摻雜了大量的議論和辯駁，其中掉書袋的現象在《搜索者》亦已發端；三本文學自傳《山風海雨》、《方向歸零》和《昔我往矣》則延續《搜索者》搜索的精神，去追尋自己的文學歷程，從文學傳記中探索一個文學心靈的長成。在形式上，《星圖》、《疑神》、《山風海雨》、《方向歸零》和《昔我往矣》都實現了楊牧在《年輪》時的期許：要寫一篇很長很長的散文，打破散文體式的限制。這幾本繼《搜索者》之後的散文集，皆可視為一本很長很長的散文，分別統一在一個主題和多變的技巧上。我們可以說，證諸以上五本散文集，搜索者果真搜索到了他所需要的形式和風格；當然也可以說，搜索者仍舊在文學的長

20《搜索者》，頁九二。

路上，持續搜索。

參考書目

楊　牧：《葉珊散文集》（台北：洪範，一九七七）。
楊　牧：《柏克萊精神》（台北：洪範，一九七七）。
楊　牧：《年輪》（台北：洪範，一九八二）。
楊　牧：《文學的源流》（台北：洪範，一九八四）。
楊　牧：《搜索者》（台北：洪範，一九八四）。
楊　牧：《楊牧詩集》（台北：洪範，一九八六）。
楊　牧：《山風海雨》（台北：洪範，一九八七）。
楊　牧：《方向歸零》（台北：洪範，一九九一）。
楊　牧：《疑神》（台北：洪範，一九九二）。
楊　牧：《星圖》（台北：洪範，一九九六）。
楊　牧：《昔我往矣》（台北：洪範，一九九七）。

分裂的敘事主體
——論三毛與「三毛」

一、「真實」之必要

三毛（一九四三—一九九一），以撒哈拉故事堀起台灣文壇的女作家，她的讀者遍及華文世界，亦曾在一九七八、八〇年代的台灣造成「三毛現象」。一九九一年，三毛突然遺世，得年四十八，為她傳奇的一生畫下謎樣的句點[1]。她的存在跟文學史定位，同樣具有爭

1　三毛在《夢裡花落知多少》一開始引了徐訏的一段文字：「那生的生．死的死／從無知到已知，從已知到無知／歷史從未解答過／愛的神秘／靈魂的離奇／而夢與時間裡／宇宙進行著的／是層層的謎」（三毛：《夢裡花落知多少》（台北：皇冠，一九九一），頁三），幾乎可作為三毛對這世界的理解和質問，生命、愛

議性。

一九七四年十月六日，三毛的〈中國飯店〉（後來改為〈沙漠中的飯店〉）發表於《聯合報．副刊》，從此奠定她「流浪」的形象。三毛填詞的〈橄欖樹〉以橄欖樹象徵對「流浪」和「追尋」的嚮往，進一步強化／唯美化了讀者浪跡天涯的想像。一九七〇年代的台灣，尚未進入後現代旅行以及全球化的時代，三毛代替讀者去追求自由的夢想，實現了遙不可及的嚮往，成了讀者心目中「橄欖樹」。撒哈拉傳奇起先以文字，繼而以流行歌曲〈橄欖樹〉挾大眾文化的傳播力量，讓三毛風靡整個華文世界。

三毛的「流行」和她標榜的「簡單」信仰[2]，似乎讓她陷入「大眾文學」跟「純文學」的兩難。此外，三毛論述的困難，除了文類歸屬之外，三毛具爭議性的行事風格亦是要因。這兩者都是討論時首要解決的問題，因為三毛的傳奇，來自她宣稱的「真實」。三毛一再宣稱自己寫的是「傳記式文學」，是「真實」的。事實上，這種信誓旦旦的說法也表明，三毛很清楚讀者熱愛她的「真實」：艱辛的成長、浪漫的愛情、浪女式的異域生涯，均是吸引讀者的傳奇。檢視三毛的著作，我們卻會發現作品和作者所言不一，各說各話的情況。

三毛的論述（議論及記述）成果大致上可分為兩種，首先，把人跟文一分為二，就文論文，就人論人，前者專論三毛的創作，不追究作者。這樣的方式很容易落入先驗的形式主義論述，也就是不經辯證，便先驗的認定三毛所寫的是散文，因此直接就三毛「散文」討論她的風格及特色[3]。至於後者，多為友輩的記述和懷念。其次，把三毛的（散）文視為真實，略過有爭議的篇章以及三毛的作者自道，存而不論；或者以「戲劇性」寫法等評語帶過。事實上，三毛一再宣稱所寫的一切都是「真實」的背後，充滿了可供探討的空間。「三毛」其實是由三毛自己、三毛的朋友、家人、文壇乃至讀者，形塑的傳奇形象。因此討論三毛，不能只從文本分析著手，而必須從不同的角度切入，還原三毛如何以其文其人，參與形塑傳奇「三毛」的過程，最終，三毛卻陷入這場由自己和社會共同寫成的悲劇腳本，以自殺總結謎樣的人生。

以文字認識三毛的讀者，很容易被三毛獨特的人格特質和流浪生活所吸引。自一九九一

情、夢與時間對她而言，都是神祕離奇的「謎」。她在《回聲》專輯裡亦填了一首名為〈謎〉的歌。她自已亦頗為喜歡使用「謎」的意象。《夢裡花落知多少》是荷西過世後的第二本書，或許書前所引的徐訏文字，是她悲傷的「天問」。

2 三毛說她「我不求深刻，只求簡單」（三毛：〈簡單〉，《傾城》（台北：皇冠，一九九一），頁一七六）。

3 這些論述包括中國與台灣，例如白祥興〈略論三毛作品的藝術特色〉、沈謙〈三毛的人格與風格〉、林丹〈三毛對遊記散文的超越〉、殷曉明〈三毛散文的語言特色〉、張拓蕪〈浪漫激情，沉潛執著——我說三毛的人和文〉、顧穎〈參悟生命的紀錄〉、朱平〈一種山水一程歌——三毛遊記的奇美風致〉等等，皆屬先驗論述。

年她過世至今，總共有三本三毛的自傳面世，分別是陸士清、陽幼力和孫永超等合著的《三毛傳》（一九九三）、李東《三毛的夢與人生》（一九九七）、費勇《這樣一個女子三毛》（二〇〇二）。除此之外，尚有眭澔平以三毛摯友身分所寫的追憶之作，《你是我不及的夢》（二〇〇三）。

從出版時間來看，陸士清、陽幼力和孫永超等合著的《三毛傳》出版於三毛過世後的兩年，費勇的則出版於二〇〇二年，距三毛過世已十一年。他們均非名人，而是一群極為喜愛且熟讀三毛的隱藏讀者，這些傳記是他們對三毛的追憶和懷念，顯見三毛在讀者心目中的分量。三本傳記均以三毛的作品為依據，換而言之，他們皆視三毛以「我」為第一人稱寫成的故事為「真實」。無論是撒哈拉、西班牙、南美洲、德國的旅行書寫，或者三毛的生活散文，均被視為作者的切身經驗而增添「三毛」的傳奇[4]。三毛自己亦一再透過文本或訪談宣稱，她只會寫真實：

我長大後，不喜歡說謊，記錄的東西都是真實的，而我真實生活裡，接觸的都是愛，我就不知道要寫什麼恨的事或矛盾的事，或者複雜的感情，因為我都沒有。[5]

我知道我做不到的，就是寫不真實的事情。我很羨慕一些會編故事的作家，我有很多朋友，他們很會編故事，他們可以編出很多感人的故事來。你問他：「這是真的還是假的？」他說是真真假假摻在一起的，那麼我認為這是一種創作的方向，但是我的文章幾乎全是傳記文學式的，就是發表的東西一定不是假的。[6]

這篇〈我的寫作生活〉是在耕莘文教院的演講紀錄，從演講內容和出版日期判斷，此時荷西已經過世，三毛結束異國生活返回台灣。以上的引文值得注意之處是，三毛一再強調自己傳記式的寫作，她沒有辦法「編」出「假」的故事。寫沒有發生過的事情，她認為是「說謊」。換而言之，她筆下絕無虛構。三毛這番篤定的說辭帶著自我辯護意味，或許我們應該從反面推斷，為何三毛認定「傳記文學式」的寫作對她那麼重要？

4 費勇就說：「三毛作品所寫的全是她自己的經歷、見聞和感受……作者與作者的主人翁合而一」（費勇：《這樣一個女子三毛》（台北：雅痞風釆，二〇〇二），頁二）。

5 三毛：〈我的寫作生活〉，《夢裡花落知多少》，頁一五八。

6 〈我的寫作生活〉，《夢裡花落知多少》，頁一五九—一六〇。三毛所說的「傳記文學式」的寫作和幾乎等同於自傳式寫作，在西方，自傳從傳記演化而來，三毛的寫作其實更接近自傳式寫作，她主要是強調寫作是實事求是，沒有虛構，著重的是「真實」，背後是「誠實無欺」的道德要求。因此以下援引論述時，並不刻意區分自傳或傳記。

其中一個最可能的推斷是，三毛的撒哈拉經歷太過傳奇，《撒哈拉的故事》、《稻草人手記》、《溫柔的夜》、《哭泣的駱駝》和《背影》這五本書以撒哈拉為背景的「生活寫真」，幾乎比小說更小說，成功的塑造出「浪跡天涯的台灣奇女子」形象。其二，三毛寫過小說，《撒哈拉的故事》之後出版的《雨季不再來》便收錄了她未成名前的小說創作，顯然她其實頗擅長編故事，早在文化學院當旁聽生時，便寫過三萬多字的小說，讓國文老師讀出眼淚，因此難保她不會「編」故事。然而撒哈拉系列吸引讀者，就在其「寫實」。「寫實」的傳奇才是真正的傳奇，三毛因此有說明「作者意圖」的必要。再進一步，我們有理由推論，三毛「太過傳奇」的撒哈拉寫真，包括荷西的存在與死亡，曾經受到讀者的質疑。因此在受訪或演講時，三毛總會強調自己「寫生活」的創作態度，乃有把「不真實」視為「說謊」的道德論斷。作者一而再的保證，只為了強調「誠實」，三毛所謂「發表的東西一定不是假的」。因此，我們接下來必須釐清「傳記式寫作」是否等同於「誠實」。

二、模糊地帶：傳記式寫作

《撒哈拉的故事》出版於一九七六年，引起讀者熱烈的迴響。三毛的沙漠之行結合了異國戀情，異文化和探險，在當時旅行並不普遍，旅行書寫並不盛行的時代，為封閉的台灣社會打開一扇窗，讓讀者見識到全然不同的異國風貌。這種非單純享樂而是帶著冒險性質的「大旅行」（great tour），一直是男人的權利。三毛卻以「流浪」的柔性訴求，成了台灣「大旅行」的首席代言人。她所到之處不是所謂的「文明之國」，而是「大漠蠻邦」。中國歷史上到「大漠蠻邦」的文成公主是為了和番，乃是政治利益之下的犧牲者。三毛卻是在「女性自主」（不論那「前世鄉愁」的理由多麼神祕）的前提下成行。荷西決定在撒哈拉工作、定居，乃是因為三毛的嚮往和堅持。大漠裡的異國婚姻，東方和西方的結合，則能勾起讀者的浪漫想像。三毛的傳奇是「在安全範圍裡合理的生活驚奇」，以撒哈拉為背景的著作中，讀者確實也讀到不少身陷困境而終無大礙的冒險，以及比小說更精采的「現實人生」。〈荒山之夜〉裡荷西身陷流沙、〈死果〉寫三毛中了沙哈拉威人的巫術、〈荒山之夜〉的宿營鬼魅、〈哭泣的駱駝〉裡三毛目睹的戰爭和屠殺、〈沙巴軍曹〉寫有著悲愴身世的軍人傳奇等等，均是如此。

撒哈拉當時是西班牙殖民地，當地居民之外尚有各色人種，是混雜著不同種族和文化的「不毛之地」，三毛卻能從容出入於東西方之間，瘂弦稱她為「穿裙子的尤里西斯」，朱西寧叫她「唐人三毛」，隱地則稱三毛是「人生中的一齣難得看到的好戲」[7]。「穿裙子的尤里西

7 朱西寧〈唐人三毛〉、瘂弦〈穿裙子的尤里西斯〉、隱地〈難得看到的好戲〉，收入三毛：《溫柔的夜》（台

斯」指三毛比男人更具冒險的智慧和勇氣，而「唐人」則讚美三毛體現真正的中華精神，大氣而壯闊。透過三毛明快俐落的敘述，如同小說一般的設計場景和講述技巧，三毛的異地生活，確實也精采得可媲美經過「編」製的好戲。

〈沙漠觀浴記〉寫三毛「觀賞」沙哈拉威女人的洗澡奇景，讀者「觀看」三毛如何「觀看沙哈拉威女人」，這其中層層的觀看，以及看／被看，都是旅行書寫的隱喻，同時也是三毛書寫的位置。旅行書寫中關於自我／他者的討論，或可說明這層關係：

> 波特認為旅行書除了記錄旅途的經驗表象，更重要的是建構作者的自我主體（subjectivity）以及和他者（Other）之間的對話交鋒（a diologic encounter）。旅行者離家在外，跨入「他者」的地理與文化版圖，產生一種追尋烏托邦的欲求。這種欲求兼含對本土現況的不滿，以及對理想國（制度）的想像建構。雖然旅行書以記錄實證經驗自詡，但是潛藏在旅行者心中的欲求卻促使自我主體持續藉由外在世界的刺激而生內省，思考「我」與「他者」的定義，以及兩者之間的關係。[8]

在缺水的撒哈拉，三毛堅持天天洗澡，相較於四年不洗澡的沙哈拉威女人，三毛讓讀者「觀看」到文明／蠻荒的對比，自我／他者的差異。三毛把撒哈拉當成「烏托邦」，跨入他者

〈撒哈拉〉的地理與文化版圖，認為那是她「前世的鄉愁」，因而開始了她神祕主義似的追尋。很顯然的，《撒哈拉的故事》最吸引讀者的，主要是自我／他者的差異。三毛藉由洗澡這件日常生活的小事，揭示同為東方女人，沙哈拉威女人跟中國女人（三毛的措辭）之間畢竟還是有很大的不同。因為不同，才有「看」的必要。旅者藉由觀看而自省而能書寫，進而發現自我／他者的差異。讀者在閱讀的過程中，則發現自我和三毛的差異，這種「差異」便是閱讀最主要的吸引力。

〈娃娃新娘〉敘述三毛和荷西參加一個十歲沙哈拉威女生的婚禮，三毛透過「觀看」批判沙哈拉威族的男尊女卑，男性對女性的欺凌和壓迫，以及女人地位之低下等等，似乎也可以供女性主義者揮灑的空間，儘管「保障著熟悉與安全，頂多只有驚異」[9]的空間有限。〈懸壺濟世〉和〈芳鄰〉則揭示沙哈拉威女人的無知和不講理。奇怪的是，儘管鄰居對三毛

北：皇冠，一九九一），頁六、八、一〇。

8 宋美瑾：〈自我主體、階級認同與國族建構——論狄福、菲爾定和包士威爾的旅行書〉，《中外文學》第二十六卷第四期，總三〇四期（一九九七年九月），頁五。

9 范銘如：〈從強種到雜種——女性小說一世紀〉指出：「三毛並強烈到檢視體制甚或鼓吹改革。因此她的冒險傳奇，保障著熟悉與安全，頂多只有驚異。」，收入陳大為、鍾怡雯編：《二十世紀台灣文學專題 II：創作類型與主題》（台北：萬卷樓，二〇〇六），頁三〇四。

幾乎到了予取予求，甚至侵犯到家居生活，她卻仍然回以一種歡樂的包容和寬厚態度，似乎跟她在西班牙讀書時，對歐洲女友們的欺壓忍無可忍，還以顏色的態度截然不同。[10]

三毛筆下的撒哈拉自有一種跟旅人不同的在地風情，一種夾雜著「在地視野」和「旅人視角」的雙重觀點，「融入」和「抽離」的身分認同。她一再宣稱，沙漠對她而言是「前世回憶似的鄉愁」[11]，她作詞的專輯《回聲》裡，收錄一首由齊豫演唱的〈沙漠〉，一開始寫的便是「前世的鄉愁」，歌詞並有「飄流的心／在這裡慢慢／慢慢落塵」[12]，她視沙漠歲月為另一種「返鄉」，儘管這可能是三毛式的浪漫措辭。這種視角決定了三毛跟旅行者不同，更正確的說法是，她是「旅」「居」沙漠——對台灣的讀者而言，她的出走是離鄉，是羈旅；對三毛而言，台灣固然是她的故鄉，撒哈拉則是另一個先驗的，或者被「三毛神祕主義式認同」的故鄉，她「居」住在那裡。

同樣的情形也出現在《萬水千山走遍——南美洲紀行》。三毛一直認定自己前輩子是印第安女人，她甚至想像自己前生是印第安藥師的外孫女。因此《萬水千山走遍——南美洲紀行》收錄一篇非常特別的「故事」〈藥師的孫女——前世〉，主要敘述一個只活了十九歲，名叫哈娃的印第安女子短暫的一生。她是三毛的前世。我們很難歸類這篇非旅行書寫、非散文，有點像小說的「故事」。它是南美洲紀行的其中一篇，沒有這篇，就無法解釋〈銀湖之濱——今生〉裡，為何三毛能夠找到當地人不知道，地圖也沒有標示的那片湖水。在語言不通的情況下，她闖入陌生的印第安人家裡住了七天，同時被村子的居民接納，視她為「印加人」。那七天裡，她自稱是「哈娃」，跟著當地人稱白人為「各林哥」[13]。

體例上，〈藥師的孫女——前世〉跟〈銀湖之濱——今生〉是互文，問題是，我們無法解釋前世和今生的謎。也許在三毛的認知裡，那是「事實」；在一般讀者眼裡，卻很難相信那非常個人化，無法印證的靈異體驗。〈藥師的孫女——前世〉毫無疑問是「虛構」的，那麼，〈銀湖之濱——今生〉呢？〈銀〉的結尾給了一個耐人尋味的答案：

> 我愛的族人和銀湖，那片青草連天的樂園，一生只能進來一次，然後永遠等待來世，今生是不再回來了。

這兒是厄瓜多爾，一九八二年初所寫的兩篇故事。[14]

---

10 三毛：《稻草人手記》（台北：皇冠，一九九一），頁四九—七六。
11 三毛：〈白手成家〉，《撒哈拉的故事》（台北：皇冠，一九九一），頁一九四。
12 三毛作詞，李泰祥作曲：〈沙漠〉，收入《三毛作品第十五號：回聲》，（台北：滾石，一九八六）。
13 三毛：《萬水千山走遍》（台北：皇冠，一九九三），頁一三〇。
14《萬水千山走遍》，頁一三二。

以上所引的兩段文字都有模糊、卻無法反駁的想像空間。首先，三毛交待這是一個一生只會去一次的「烏托邦」，這地方既不為導遊所知，亦不在地圖上，就像陶淵明筆下的「桃花源」不足為外人道，即不足為讀者（外人）道。其次，如引文所示，三毛強調，〈銀湖之濱——今生〉跟〈藥師的孫女——前世〉是兩篇「故事」，這是非常值得玩味，充滿想像的模糊措辭。再者，這類來世今生的神秘經驗本來就是「不足為外人道」。因此，三毛的讀者在閱讀之前，必須以「三毛可以通靈」為前提，否則這類爭議性「故事」便成為三毛「以子之矛攻己之盾」的證據。

三毛的文類歸屬在當代論述者筆下恆是模糊的。范銘如就指出，三毛的文本屬性很曖昧，不知道該歸類在散文、小說或自傳。不過她最後似乎「決定」歸為小說，在〈從強種到雜種——女性小說一世紀〉一文中，三毛是論述對象之一。只不過行文當中，她似乎又把三毛的撒哈拉之行視為「散文」或「自傳」[15]。胡錦媛在〈台灣當代旅行文學〉提到：

三毛突破遊記的傳統記實書寫方式，將人物、情節予以「戲劇化」，成就一種傳奇浪漫的色彩，但卻又因第一人稱「我」的敘事角度，使讀者認為她的旅行寫作所記載的真人真事是寫實的。台灣當代一般旅行寫作大都失之於平實刻板，即使旅行本身是豐富的，但卻缺乏適切的技巧表達。就這一點而言，三毛的旅行寫作是值得參考的。[16]

如果我們同意胡錦媛的說法，三毛的旅行書寫是經過「戲劇化」處理，那麼我們就必須解決三毛的「傳記式寫作」問題。當三毛在創作「自己」的創作，也就是她宣稱的「傳記式寫作」時，她完全沒有意識到，「傳記式寫作」並非如她所想像的那麼單純，那麼一清二白，那麼表裡如一。寫作本來就是一個自我「分裂」的過程，既是主體，同時也是客體。我在寫「我」，自傳更因為當下的「我」必須面對過去諸多的「我」，而進行層層分裂。因此自傳寫作其實是歷經「精神分裂」，再由文字統合諸多自我的過程。何況，出入真實和想像之間本是創作的本質，正如容格（C.G. Jung, 1875-1961）在〈心理學與文學〉（"Psychology and Literature"）所言，「每一個創作者都具有雙重或多重的矛盾特質」[17]，也就是指寫作者其實擁有許多個不同的「自我」，寫作其實是諸多不同自我的「協商」（negotiation），因此傳記／自傳中看似單一的主體，其實是由不同的分裂主體整合而成。

---

15 胡錦媛似乎把自傳和傳記混為一談，實際上，三毛也把傳記式寫作等同於自傳式寫作，重點是這兩者在三毛的認知裡都是「真」的。（見胡錦媛：〈台灣當代旅行文學〉，收入《二十世紀台灣文學專題II：創作類型與主題》，頁三〇二—三〇五）。

16 《二十世紀台灣文學專題II：創作類型與主題》，頁一八〇。

17 Jung, Carl Gustav. "Psychology and Literature" ed. David Lodge. *20th Century Literary Criticism*, London: Longman, 1995. p. 185.

研究自傳二十多年的法國學者樂俊（Philippe Lejeune）更直接了當的表示「寫作時，一個人通常等同於好幾個人」：

> 寫作時，一個人通常等同於好幾個人，即使只有作者，即使寫的是他自己的生活。那並不是因為『我』分裂成數個的私密對話，而是寫作本來就是由不同階段的姿態組合而成，寫作因此同時聯接了作者和文本，以及作者想要達到的需求。[18]

上引論述可視為對容格「每一個創作者都具有雙重或多重的矛盾特質」的補充和延伸，樂俊的說法看起來似乎跳過精神分析，直指文本是作者「意圖」呈現的另一個自我，因此文本中的「我」其實更接近作者意圖呈現的「理想作者」。自傳宣稱的真實，反而便於作者的虛構，它戴著自傳的面具行小說之「虛」，讀者很難去質疑／考證作者的經驗事實（experiential fact）。誠如樂俊所說，寫作是由不同階段的姿態組合而成，寫作時，一個人通常也等同於幾個人，寫作本來就具有「修補」現實的特質。它彌補了文本和事件的裂縫，也因此必然會對事實有所改寫和補充。換而言之，自傳作者可以「重塑作者」。

自傳裡的「我」是作者慾望的投射，或者分裂，就這個論點而言，樂俊其實仍然跟精神分析接了頭。從以上所論可知，「傳記式寫作」本來就不可能完全是真的。擺盪於真實和虛構之間，應該更能滿足三毛說故事和幻想的個性。三毛一再陷入自設的牢籠，乃是因為來自傳統中國家庭的教養和性格的矛盾。她固然叛逆，卻十分尊崇中國文化，一再以身為中國人為傲。她逃開故鄉和家人遠行，卻無法自外於民族自尊。在〈親不親，故鄉人〉裡，她一聽到台灣要開放出國觀光，「我在喜過之後反倒心亂如麻起來，鎮日思潮起伏，極度的憂念和愛國情操混成一條濁流在我的心裡沖激著」[19]。她尤其不容荷西或西方世界蔑視中國人。「誠實」，更是她在茲念茲的美德。誠實無欺的道德要求，即是要求表裡如一，跟容格所謂「創作者雙重或多重的矛盾特質」相扞格，尤其不符合寫作可以修補現實的本質。三毛的「作者自道」，只有徒增閱讀和詮釋的困擾。

三、「我」是誰：三毛、Echo和陳平

如第二節所論，傳記式寫作所依據的不全然是經驗事實，相反的，那是作者縫補和重編事件的成品。三毛的複雜，更在於她背負了整個社會的集體想像。她在出書和演講之後，成

18　Lejeune, Philippe. *On Autobiography* Trans. Katherine Leary. Minneapolis: U. of Minnesota, 1989, p. 188.

19　三毛：《背影》（台北：皇冠，一九九一），頁一〇八。

了公眾人物和社會焦點。創作者「三毛」，是由「大家」，也就是讀者參與建構而成的。換而言之，三毛在創作的同時，也被創作。三毛是社會與讀者共同創作／想像的「傳奇」。樂俊就曾經指出，：「我們怎麼可以認為自傳文本是由過去的生活所構成？究其實，是文本生產了（作者過去的）生活」[20]，我們讀到的三毛，其實是三毛生產出來的「三毛」。

張大春在〈滾滾浪跡二十載．淺淺紅塵不再來——「三毛現象」的文學社會學觀察〉指出，三毛的魅力之一，是讀者從她身上汲取「挑戰威權的活力」，可是她的讀者也處在「『只求簡單』的描述、形容與判斷之中養成了「不求深刻」的反應習慣——而這個習慣，正好又扼殺了前面所提及的那種『挑戰的活力』」[21]。張大春指出，三毛透過貌似簡單的敘事輕易挑戰了體制。她做了許多讀者想做，卻不敢做的反抗，包括逃學、忤逆父母、無照駕駛、沒有停車位卻能讓警察幫她顧車等等。

三毛曾經說過，荷西還在的時候，她的寫作生活，就是她的愛情生活。她在晚上寫作，但是荷西沒有拉著她的手睡不著覺，為此可以不寫[22]。這樣的浪漫愛情其實亦是大部分讀者的嚮往，慾望本是對應著缺憾與幻想而生，如果說一九七〇年代的瓊瑤以虛構的愛情小說滿足了讀者，三毛則以她真實的異域戀情，更進一步滿足了讀者的慾望。

自傳中的經驗事實往往被視為真實，經驗事實再經過創作主體的主觀詮釋，因此成為自傳的根據。自傳存在於語言之中，是詮釋的產物，在經驗事實與主觀詮釋之間的模糊地帶，便是作者可供發揮的空間。三毛作品的戲劇性，或許便是在經驗事實與主觀詮釋之下而生的。打從三毛一出場，她的生命就是「戲劇性」的，在體制外的求學過程，提供了日後流浪異域的合理化基礎。她從小便無法適應學校生活，有著異於同學的敏銳和聰慧，不合群、孤獨，有自閉的傾向，被父母視為偏執的孩子，讀到初二便休學。日後她在家裡自修、習畫，幾乎處於封閉的狀態[23]。早在一九七六年，桂文亞就在〈飛——三毛作品的今昔〉藉胡品清的觀察，側寫三毛：

> 一個令人費解的、拔俗的、談吐超現實的、奇怪的女孩，像一個謎。五十六年她出國後一個月，胡的〈斷片三則〉之一描寫她：喜歡追求幻影，創造悲劇美，等到幻影變為真的時候，便開始逃避。[24]

---

20 Lejeune, Philippe. *On Autobiography* Trans. Katherine Leary. Minneapolis: U. of Minnesota, 1989, p. 131.

21 張大春：〈滾滾浪跡二十載．淺淺紅塵不再來——「三毛現象」的文學社會學觀察〉，《張大春的文學意見》（台北：聯合文學，一九九二），頁一三五—一三七。

22 《夢裡花落知多少》，頁一五九。

23 見三毛〈驀然回首〉和〈驚夢三十年〉二文，收入三毛：《送妳一匹馬》（台北：皇冠，一九九一）。

24 桂文亞：〈飛——三毛作品的今昔〉原刊《皇冠雜誌》二六八期，收入三毛：《雨季不再來》（台北：皇一九六七年三毛出國，出國之前她在文化學院當旁聽生時，結識了學者作家胡品清。胡品清說的「追求幻影」和「逃避」，正是「流浪」不可或缺的特質。胡品清這番話似乎預言了三毛流浪撒哈拉的傳奇，同時也道出三毛較一般創作者具有更濃厚的「自我分裂」的特質。其次，三毛的英文名字Echo來自希臘神話，本指回聲。Echo是山林女神之一，曾熱烈追求自戀的美少年納西斯（Narcissus）不得，憔悴而死，因為納西斯只愛自己在水中的倒影。Echo這個名字因此既有追尋，亦有「追求幻影」的意思。

「幻影」或幻想，在佛洛伊德的解讀裡，是擺脫現實束縛最重要的力量之一。法蘭克福學派的大將赫伯特．馬庫色（Herbert Marcuse, 1878-1979）在論述佛洛伊德的「幻想」時提到：

> 幻想，作為一種基本的、獨立的心理過程，有它自己的、符合它自己的經驗的真理價值，這就是超越對抗性的人類實在。在想像中，個體與整體、慾望與現實、幸福與理性得到了調和。雖然現存的現實原則使這種和諧成為烏托邦，但是幻想堅持認為，這種和諧必須而且可以成為現實，幻覺的基礎是知識。想像的真理最初是在幻覺形成的時候被認識到的，是在創造一個知覺和理解的世界，一個既主觀又客觀的世界的時候被認識到的。[25]

以上所引這段文字，非常貼切的解釋了三毛「追求幻影」的特質，她總是處在一種「追尋」或「逃避」的狀態，烏托邦在三毛那裡便是「橄欖樹」；荷西逝世之後，則為靈異世界。幻想用來對抗世界，亦是藝術家或創作者的最主要創作動力，他們以藝術品或文字實踐幻想的慾望，擺脫束縛，追求自由。正如引文所說的，幻想建立在它可以成為現實的基礎上，三毛最根本的問題便是要求現實世界實踐她的「幻想」，因此表現在創作上，也形成創作和現實互為越界，常常二者混而為一，夾纏不清。

三毛自殺之後，另有一種輿論，指三毛長於「虛擬」和「自我幻化」。譬如朱天心說：「跟三毛在一起就像演戲……她對任何事情的描述都會有不同的版本，雖然每一種版本都很好看，但卻讓人不知如何分辨真假，這樣的心情，若是讀者的立場，或許會覺得很過癮；若是朋友的心情，恐怕會覺得很難過」[26]。呂正惠在〈三毛之死——台灣女性問題省思的一個起點〉指出在三毛自殺後，有一些朋友認為三毛作品的「坦誠相見」，有一大部分是出自於

冠，一九九一），頁二三八。

25　赫伯特．馬爾庫色著，黃勇、薛民譯：《愛欲與文明——對佛洛伊德思想的哲學探討》（上海：上海譯文，二〇〇五），頁二一〇—二一一。

26　語出朱天心，戴瑜整理：〈三毛生活像演戲〉，《中央日報》第三版，一九九一年一月五日。

「自我幻化」[27]。

「不同版本的描述」，「坦誠相見」跟「自我幻化」完全符合自傳寫作裡，自我必須「異質化」的分裂特色，主體（三毛）必須將另一個主體（echo）二而一，成為敘述者「我」，而「我」裡還隱藏著從前孤僻自閉、令大人頭疼的陳平。〈說給自己聽〉有一段是三毛對陳平的評論：

> Echo，妳的中文不是給得很好，父親叫妳——平，妳不愛這個字，妳今日看出，妳其實便是這一個字。那麼適合的名字，妳便安然接受吧。[28]

這段文字正可作為自傳是一種「主體分裂」的說明。創作者必須分裂成主體（自我）和客體（他者）才能寫作，否則創作根本無法進行。她以三毛的角色寫作，卻叫自己Echo——她給自己取的名字，象徵追尋和自由，她最認同的自我——同時，她卻又希望Echo最好變成「陳平」，向現實妥協，變成孝順聽話的女兒，友愛手足的姐妹。陳平是父親所給的名，象徵體制的期許。從這段引文我們發現，三毛、Echo和陳平之間強烈的扞格。

「三毛」（主體）必須收編Echo、陳平、大家的三毛（三者皆為客體），讓主體進入象徵秩序，進入語言，方能建構看似單一的主體：

自傳作者的部分任務即在以書寫呈現主體，而主體也必須被視為自傳作者的語言產物。主體不可能是個自現的意識，在語言建構之前不可能存在。[29]

因此寫作往往都是對身分的追尋，都是因為「個人身分的不確定」。三毛曾形容自己是「一個聰明敏感的孩子，在對生命的探索和生活的價值上，往往因為過分執著，拚命探求，而得不著答案，於是一分不能輕視的哀傷，可能會占去他日後許許多多的年代，甚而永遠不能超脫」[30]。寫作和旅行，便是三毛對生命的探索和追尋。因為寫作，陳平才變成三毛，原來自

---

27 呂正惠的原文如下：三毛一些比較熟悉的朋友就說了實話，他們談到三毛內心其實是頗為空虛、寂寞的。季季說的更有意思，她說，三毛的作品，一向被讀者認為是「坦誠相見」。有一大部分是出自於「自我幻化」。許多讀者也許不知道，三毛身心的長期疲勞，形之於外的肇因是參與各種活動，形之於內的即是作品中不斷的自我幻化，這二者的終點都是為了『滿足他人』。我很想在季季的感想之後再加上這句：更重要的是為了『滿足自己』；當她最後發現，這些都不再能滿足自己以後，她就選擇了死亡。（見呂正惠：〈三毛之死——台灣女性問題省思的一個起點〉，《戰後台灣文學經驗》（台北：新地，一九九五），頁二五〇—二五一）。

28 《傾城》，頁一〇〇。

29 李有成：〈自傳與文學系統〉，《在理論的年代》（台北：允晨，二〇〇六），頁四七。

30 三毛：〈當三毛還是二毛的時候〉，《雨季不再來》（台北：皇冠，一九九一），頁九。

閉又自卑的孩子，因為寫作而重建信心，使她「懂得出去」[31]。「懂得出去」是象徵性的說法，意味著身體和精神不被禁錮，對人世有了回應，走出自我設定的牢籠。三毛曾這樣解釋自己的筆名：「三毛是一個最簡單、通俗的名字，大毛、二毛，誰家都可能有。我要自己很平凡」[32]。然而也因為寫作，註定她不能平凡，註定她不能免於更嚴重的分裂。她創造的「橄欖樹」形象和撒哈拉傳奇，讓她不能成為大毛或二毛。這也就是為什麼三毛常會以第三者的口吻，旁人的眼光來觀看／反省自己：

> 看過幾次小小的書評，說三毛是作家，有說好，有說壞，看了都很感激，也覺有趣。別人眼裡的自己，形形色色，就是那個樣子，陌生我一如這個名字。
>
> 這輩子是去年回台才改名三毛的，被叫了都不知道回頭，不知是在叫我。[33]
>
> 「三毛」從來沒有做過三毛，你們都被我騙啦。我做我。[34]

三毛說話的方式或敘述方式是一種高明的「告解技術」（confessional technologies），有顛覆，但是並不激烈；有批評，卻是軟性的，一切都在合理而可接受的範圍。以上引文想說明的是：三毛對「三毛」（大家的三毛）是陌生的，總是欲拒還迎。三毛的母親繆進蘭，就以

「大家的三毛」來定位「我的女兒」[35]。這個旁觀者的稱呼顯示，三毛的身分是多重的，作為三毛的母親，她對三毛的理解是：歷經撒哈拉的洗禮之後，當年那個自閉不與家人和朋友相處的「陳平」，已經脫胎換骨。如今她平易近人，常幫讀者解決人生問題，她的書和演講受到大眾熱烈歡迎，已經是「大家的三毛」。她已經完全離開當年那個封閉的主體。

然而不要忘記，對創作者而言，凡走過都必留下痕跡，隱藏在三毛裡的陳平並沒有消失，只不過成為眾多分裂主體中較不明顯的一個，三毛在成為「大家的三毛」之後，她看起來比較符合父母的期許，成為「陳平」，走上「平」坦順遂之途。實際上，那個追求幻影的主體從來沒有消失，因此三毛受訪時才有上述引文所說的「我做我」，「從來沒有做過三毛」的告白。「三毛」因此是大家的三毛、Echo，以及陳平協商之下的主體。在一段訪談中三毛提到，她以為「三毛只是個筆名」，一個只要面對自己的創作者，卻沒有想到她還必須同時

31　三毛：〈驀然回首〉，《送你一匹馬》，頁二七。
32　心岱〈訪三毛，寫三毛〉，收入《雨季不再來》，頁二三二。
33　三毛：《哭泣的駱駝》（台北：皇冠，一九九一），頁八。
34　陳怡真：〈衣帶漸寬終不悔〉，收入《送你一匹馬》，頁二一四。
35　繆進蘭：〈我的女兒，大家的三毛〉，收入《送你一匹馬》，頁三。

兼顧隨著三毛而來各種活動和勞累。[36]這樣的結果完全悖反三毛的個性，她旅居沙漠和異國，本是為了擺脫體制和故土的一切，尋找新的主體位置，當一個外國人眼中的Echo，沒想到最後卻成了「大家的三毛」，陷入龐大社會機制的一部分，不能自拔。

四、結論

文本裡的三毛有諸多不同的面向，豐富而多元，正如隱地所說的，她上演的是「一齣難得看到的好戲」。柔弱／剛強，東方／西方，天真／世故，感性／理性，精明／迷糊，浪漫／理智，孝順／叛逆，簡單／深刻等二元對立或悖反的因素，在文本裡是融合一體，並行不悖的存在。寫作本來就具有「修補」現實的特質。它彌補了文本和事件的裂縫，也因此必然會對事實有所改寫和補充。換而言之，三毛可以重塑「三毛」。「三毛」由無數分裂主體組合而成，看似簡單，實則極為複雜，絕非三毛所說的「我不求深刻，只求簡單」。「只求簡單」反而是三毛成名後，再度追求的「橄欖樹」。這株「橄欖樹」近在眼前，「簡單」和「平凡」卻比具象的橄欖樹更難企及。象徵簡單和平凡的三毛再不可得；三毛自己、她的朋友、家人、文壇乃至讀者，全都參與了形塑充滿傳奇色彩「三毛」的過程，最終，三毛陷入這場由自己和社會共同寫成的悲劇腳本，以自殺總結謎樣的人生。然而，讀者對「三毛」的追尋，卻從未結束。「三毛」已經成為一個符號，象徵自由與追尋。與其說三毛完成了傳奇的一生，不如說是讀者在閱讀的過程中獲得慾望的滿足，也因此讓這個傳奇在一次又一次的閱讀當中，不斷流傳。

參考書目

三　毛：《我的快樂天堂》（台北：皇冠，一九九三）。

三　毛：《我的寶貝》（台北：皇冠，一九九二）。

三　毛：《我的靈魂騎在紙背上》（台北：皇冠，二〇〇一）。

三　毛：《雨季不再來》（台北：皇冠，一九九一）。

三　毛：《背影》（台北：皇冠，一九九一）。

三　毛：《哭泣的駱駝》（台北：皇冠，一九九一）。

三　毛：《送你一匹馬》（台北：皇冠，一九九一）。

三　毛：《高原的百合花》（台北：皇冠，一九九三）。

36 陳怡真：〈衣帶漸寬終不悔〉，頁二一五。

三　毛：《傾城》（台北：皇冠，一九九一）。
三　毛：《溫柔的夜》（台北：皇冠，一九九一）。
三　毛：《萬水千山走遍》（台北：皇冠，一九九三）。
三　毛：《夢裡花落知多少》（台北：皇冠，一九九一）。
三　毛：《撒哈拉的故事》（台北：皇冠，一九九一）。
三　毛：《稻草人手記》（台北：皇冠，一九九一）。
三　毛：《鬧學記》（台北：皇冠，一九九二）。
三　毛：《親愛的三毛》（台北：皇冠，一九九二）。
三　毛：《隨想》（台北：皇冠，一九九二）。
三　毛：《三毛作品第十五號：回聲》，（台北：滾石，一九八六）。
李　東：《三毛的夢與人生》（台北：知書房，一九九七）。
赫伯特・馬爾庫色著，黃勇、薛民譯：《愛欲與文明——對佛洛伊德思想的哲學探討》（上海：上海譯文，二〇〇五）。
陸士清、陽幼力、孫永超：《三毛傳》（台中：晨星，一九九三）。
眭澔平：《你是我不及的夢》（台北：圓神，二〇〇三）。
費　勇：《這樣一個女子三毛》（台北：雅痞風采，二〇〇二）。

參考篇目

Jung, Carl Gustav. "Psychology and Literature" ed. David Lodge. 20th *Century Literary Criticism*, London: Longman, 1995. pp. 174-188.

Lejeune, Philippe. *On Autobiography* Trans. Katherine Leary. Minneapolis: U. of Minnesota, 1989.

朱天心，戴瑜整理：〈三毛生活像演戲〉，《中央日報》第三版，一九九一年一月五日。

呂正惠：〈三毛之死——台灣女性問題省思的一個起點〉，《戰後台灣文學經驗》（台北：新地，一九九五），頁二四九—二五五。

宋美瑾：〈自我主體、階級認同與國族建構——論狄福、菲爾定和包士威爾的旅行書〉，《中外文學》第一六卷第四期，總三〇四期（一九九七年九月），頁四—二八。

李有成：〈自傳與文學系統〉，《在理論的年代》（台北：允晨，二〇〇六），頁二四—五三。

胡錦媛：〈台灣當代旅行文學〉，收入陳大為、鍾怡雯編：《二十世紀台灣文學專題II：創作類型與主題》（台北：萬卷樓，二〇〇六），頁一七〇—二〇一。

范銘如：〈從強種到雜種——女性小說一世紀〉，收入陳大為、鍾怡雯編：《二十世紀台灣文學專題II：創作類型與主題》（台北：萬卷樓，二〇〇六），頁二八八—三〇九。

張大春：〈滾滾浪跡二十載．淺淺紅塵不再來——「三毛現象」的文學社會學觀察〉，《張大春的文學意見》（台北：聯合文學，一九九二），頁一三三—一四一。

擺盪於孤獨與幻滅之間
——論簡媜散文對美的無盡追尋

散文這種文體，雖與詩和小說並列為三個主要創作的文類，但一般人在定義散文時，卻是模稜兩可，無法精確定義，或以「排除法」——非詩非小說者即可歸入散文，以致散文面目模糊，不僅在定義上陷入泥沼，其處境亦頗為尷尬。然而這樣的定義也同時顯出散文的包容性的駁雜，非詩非小說的定義亦可反面操作為「亦詩亦小說」，也即是散文的自由特性容許它援引詩與小說的技巧，呈現繁複的面貌。不少的散文創作者身兼詩人或小說家的身分，偶而為之的散文創作不免帶有強烈的本色。除此之外，亦有專攻散文，或可稱之為「散文專業戶」的創作者，出於本身對散文自覺和要求，以詩和小說的技巧來豐富散文的面貌，顯現其對散文的用心和努力，簡媜的散文便是此者。

簡媜致力於散文創作，至今已結集十本。其散文意象繁複，語言更接近詩，對文字的試驗更是遊走在文法的邊緣。她的散文喜以小說的敘事和架構，以及虛構的人物為題材，冶詩與小說為一爐，而其質地仍是絕佳的散文。

散文異於小說的最大特點是其「私我」性，小說的虛構成分遠大於散文，相對的，散文因此較貼近作者，因此，作者的性情和觀物方式對其散文的風格有決定性的影響。換而言之，散文的風格取決於作者的性情和觀物方式。譬如楊牧散文抒情中所透露的理趣，不疾不緩和從容不迫的敘事風格，充分折射出他作為一個學貫中西的學者背景。簡媜散文的「個性」尤其鮮明，是「壯士與地母」[1]的混合，女兒氣少而草莽氣多的組合。這種性格的形成實與其成長背景有十分密切的關係。簡媜的十本散文各自展現不同的主題和風貌，「主題式」的寫作策略亦充分顯示她對散文的企圖和開拓的野心。本文論述的重點在追溯地理上的原鄉對其創作所產生的意義，並試圖據其創作衍生的意義網絡，搜尋創作主體和作品本身內在／外在的互動意義。

一、創作，是回家，還是出走？

簡媜自十五歲離家到台北唸高中，此後一直遊走於台北盆地，然而她一直念茲在茲的，是童年生活的故鄉宜蘭，那片大自然才是她情感的歸宿，故鄉也對她的創作起著煽風點火的作用。一九八六年出版的《月娘照眠床》就是以記錄童年的人事為主題。但在捕捉這個已消失的童年時空時，她卻意識到在現實世界中再也沒有一條可以引領她回家的路，甚至沒有可以問路的熟人，套用朱天心的小說來形容，是「時移事往」了。現實世界經不起時間的沖刷，只留下記憶可資憑弔。然而當記憶也一樣經不起時間的侵蝕，對一個創作者來說，惟有書寫才能與時間抗衡，也惟有書寫能留住或改寫記憶。

簡媜在《月》書的序裡肯定創作的意義在此，但也饒有興味的拋出一個矛盾的命題：「創作，是回家的方式？抑或離家出走？」[2]古厝在地理上確實是存在的，但是繫連古厝的一切，那些熟悉的景物已然改觀，故人不在，偏偏那些才真正是讓人念念不忘的鄉情。於是，古厝變成純粹是地理的符號，記憶倒成了真正的家，而創作，變成另一條回家的路，而且回到的是記憶裡那未被現實改寫的童年故鄉。當然，如此亦明白宣示在現實中再也沒有一個可以回去的「家」，創作儼然成為回「家」的方式。然而《月》書的意義卻不僅如此。相較此書之前出的《水問》對大學生活的記載，《只緣身在此山中》對道性的觀照，《月》書對創

1 簡媜在《女兒紅．序》稱世間女兒是「一半壯士一半地母」（見簡媜：《女兒紅》（台北：洪範，一九九六），頁八），我認為這正是她性格折射於散文的特色。

2 （《月》序．一定有一條路通往古厝？）

作的反省，更決定了日後開拓《下午茶》、《烟脂盆地》和《夢遊書》以台北盆地為書寫的主題線路。

然而《月娘照眠床》之後，簡媜對故鄉仍然不能忘懷，她在札記《私房書》（一九八八）裡表示，有意再寫一本《月》書的續集，因為那個時空有她最鍾愛，卻即將消失的「人的光華」[3]。簡媜對「人」自有她的品評，人物一直是她散文的主要題材，她欣賞的人物特色可以溯源到幼年時期種田種菜的鄉下人，那種大自然澆灌出來的樸實、豪爽、生命力強韌，具有「壯士」性格的人物。《月》書裡寫自己的阿嬤、鄰居阿歹伯公、童年的伙伴，乃至腦筋有問題的鄰居「狷味」，無不是個性鮮活，老實趣味的鄉下人。他們有自己的價值觀，對天地萬物、生活和生命各有自成體系的詮釋，而其共同點是順天樂觀，甚至有些愚魯的趣味。這些人物具備「小說」人物的性格特色，簡媜寫來十分鮮活。她對那個時代那片鄉土孕育出來的人物特別眷戀[4]，逝而不返的鄉村歲月代表的是一種價值體系，那裡面有她一直眷戀的「人的光華」。

這樣品評人物的標準延續到後來她素描台北的小市民，譬如《夢遊書》的〈賴公〉、〈一枚煮熟的蛋〉、〈粉圓女人〉等，而在《夢》之後的《胭脂盆地》更進一步以虛構和紀實的混合體寫台北的小市民生活圈，這些在在印證簡媜的「農村情節」，〈天堂旅客〉、〈轉口〉、〈面紙〉、〈阿美跟她的牙刷〉、〈給孔子的一封信〉、〈遲來的名字〉等都源於「無法重回『已消逝的美好古代』之下，轉而在繁華都會尋覓可以投射的人物」[5]。這樣的創作成果，其源頭仍是始自她的「農村情結」。因而《胭脂盆地》和《夢遊書》中的人物素描，實是延續《月娘照眠床》時期對鄉親的情感。農村的童年生活孕育了簡媜的文學生命，這不止表現在題材的選擇，更在作品內部醞釀成一套價值觀，用以詮釋生命和生活。

簡媜在《女兒紅．序》中這麼說：

> 一個天生地養的女兒就這麼隨著鑼鼓隊伍走過曠野去領取她的未知；那罈酒飲盡了，表示從此她是無父無母、無兄無弟的孤獨者，要一片天，得靠自己去掙。從這個角度體會，「女兒紅」這酒，頗有風蕭蕭兮易水寒的況味，是送別壯士的[6]。

這一段可視為簡媜離家之後心靈的隱喻。離開鄉土，生命的落腳處自此架空，心靈置於一種

---

3 簡媜：《私房書》（台北：洪範，一九八八），頁一一四。

4 簡媜曾想再寫一本《月娘照眠床》續集，書名叫《日頭曬屁股》，以戲謔俚俗對抗逝去歲月的悲哀（見《私房書》，頁一一四）。

5 簡媜：《胭脂盆地》（台北：洪範，一九九四），頁三。

6 《女兒紅》，頁三。

孤獨和孤立的狀態，現實生活的挫折[7]使她折返內心，轉而在創作中尋求清滌和寄託，驅使她義無反顧的走上創作之途。

二、壯士與地母的散文性格

散文風格的形成，作者的性情實是要因，這決定了散文的敘事腔調和「個性」，同時折射出作者的性情。這樣的說法與其說是風格即人格，不如說風格即性格；人格牽涉到道德層面的考核，而性格則是審美的必然條件和考量。必須強調的是，這個觀點最適於散文，實乃因為散文和敘事主體的貼近。雖然散文允許虛構，它可以同時是虛構和寫實的混合體，但是相較於詩以象徵和隱喻構成的隱秘性格，和小說向以虛構著稱的特色，散文最能直指作者的性情。

簡媜的散文呈現的是男兒氣多，女孩兒少的「壯士」特色[8]，有時候則是更具備草莽氣概的。在〈四月裂帛——寫給幻滅〉中，最能清楚透視其散文的野性魅力。在愛情面前，敘述主體招認「我的生命太千軍萬馬」[9]，這樣詩化的譬喻同時指涉簡媜的散文，是指其情感豐富，對宇宙萬物敏於感受，所以其散文有極強的抒情性格，乃至不滿足於現實肉身所實際經歷，而以虛構的主體去經驗想像的世界，甚而假借他人的生命說起自己的觀感，所傳達的仍是「抒情族裔」生命中不斷翻騰洶湧的「千軍萬馬」。〈四月裂帛——寫給幻滅〉中宣稱「喜於實驗，易於推翻，遂有不斷地、不斷地裂

7 簡媜的父親在她十三歲那年辭世，她對父親存有一份複雜的感情，這分感情並因父親的早逝，在現實上無法證實，而更形複雜，她在散文中多次試圖以書寫去彌補這無法挽回的缺憾，詳見〈漁父〉及《私房書》中的札記。十五歲離開宜蘭到台北，又經過一段艱苦的適應期，對一個敏銳又敏感的青春期女孩子，這些顯然可以照見的艱難，是造成日後與熱鬧的現實生活始終保持一定距離的要因，而在散文中不時以都會的邊緣人冷眼看世界。

8 鄭明娳指作品中簡媜的行為模式，是接近「英雄式」的個人主義者，「英雄」在人世中注定受創，生命就不免帶著悲劇情調，而這種悲劇性格，注定她成為一名飛蛾撲火型的創作者（見鄭明娳：〈從《私房書》探簡媜的心室秘笈〉，收入《當代台灣文學評論大系．卷五》（台北：正中，一九九三），頁四九四—四九五）。我則以為簡媜作品中的悲劇性格其實只是其中一面，實則其悲劇性格的背後是倔強而頑韌的生命力，這兩股力量斷然不會讓她飛蛾撲火，更何況在《私房書》之後，簡媜對生命的價值體系基本上已完成，在《夢遊書．序》她表示回到現實世界時，要不斷表達對於「生」的敬重，實踐對「美」的嚮往，因為她信仰了「滅」，因此在《私房書》之前或還可稱她是「英雄」，之後稱之為「壯士」應更恰當。這時候她把故鄉的深情（包括對父愛的探詢）轉移到城市的小市民，故鄉的一切基本上已成創作的過去，進入她所謂的「密閉系統」，因而她試圖提升思想的高度，於是關於城市書寫的幾本著作隨後誕生。

9 《女兒紅》，頁二六。

帛」[10]，這個句子是情愛的告解，同時亦具概括的象徵意義，植入其創作歷程，可以理解她的散文題材，何以在《私房書》後，從情愛的探問、道性的捕捉和鄉村人事的書寫，進入城市的腹地、女性的題材[11]這樣明顯的轉變。「裂帛」的符旨可以從情愛的表面意義衍生到創作的推陳出新，誠如她對創作的自省，是不斷尋找新聲音，新技巧和新題材[12]。同時這一符徵可衍義其性情中的「壯士」和「地母」成分，是帶有風蕭蕭兮易水寒，那種訣別的大氣和壯烈，一種不可回頭不能回頭不願回頭，極為主觀而強悍的人生觀。這種性格投射在〈四月裂帛——寫給幻滅〉和〈母者〉尤其強烈。然而簡媜這種烈性並非飛蛾撲火，在其濃冽的情感背後，其實一直存有她對不確定性的追求，刻意迴避俗世的規範，一種屬於理性的思路基礎在支撐著，她懂得懸崖勒馬，於是我們看見即使如〈四月裂帛——寫給幻滅〉，處理最難令人割捨的情愛大浪，她依然可以和對方「理智地辯論著婚姻」[13]，思索二人在世俗的定位，以及各自在這段情緣所完成的情分意義為何：

我們成就一種無以名之的關連，住在無法建築的居室，我不要求你成為我的眷屬如同我厭煩成為你的局部……如果愛情是最美的學習，我願意作證，那是因為我們學到了布施勝於占取，自由勝於收藏，超越勝於廝守，生命道義勝於世俗的華居。[14]

這樣來詮釋情愛，而其實是讓情愛更接近修行，追求情愛而不求結合，於是再深濃的感情，簡媜也一樣能臨崖勒馬，一如她遊走文法邊緣，在危險地帶險象環生的實驗性文字，總是在出格與規矩的灰色地帶作精采的演出。感性中總有理性為最後依據，也就不難理解身為抒情族裔的簡媜可以規劃性的寫作，也能不時在創作中照見自我的位置，而時時求變求新，誠如她說的「思想貧脊比技巧軟弱更難堪」[15]，實乃出於理性思考之下的成果。

簡媜一直試圖在散文中建構自己的人生哲學。《只緣身在此山中》一書可窺得她試圖參透佛理。最後卻反而覺得紅塵有情，甚可留戀。〈卻忘所來徑〉是以一決意出家的女子對比自己仍眷戀俗世，是以雖然敘事主體儘管對此女子看破人世心存敬意，卻仍為一容貌絕美的

10《女兒紅》，頁三二。

11 雖然女性的題材一直到一九九六年出版的《女兒紅》才有一個完整的面貌呈現，然而早在十年前一九八六年出版的《只緣身在此山中》，簡媜就已有「行僧」「無盡意」「無緣緣」三輯以女性為主題的散文，序文中更明言期待母者」力量的蒞臨，開拓以女性為主題的題材。

12 簡媜：《夢遊書》（台北：大雁書店，一九九一），頁五。

13《女兒紅》，頁三一。

14《女兒紅》，頁三二。

15《夢遊書》，頁六。

女子遁入空門而戀惜，落髮前一天她覺得慌亂不捨，像是訣別。女子落髮時，她刻意走避山林野間（紅塵），去吹乾剛洗的長髮，適與落髮的女子形成對比。在〈人在行雲裡〉的敘事主體對梅覺毫不猶豫的就剪去一把漂亮的長髮大吃一驚，對美的不捨和耽溺充分顯示簡媜對塵世的不能忘情。

儘管簡媜一直努力構築自己的人生哲學[16]，然而她真正的信仰應該是「美」。她在札記中這麼坦稱：

> 我說人生哪，如果賞過一回痛哭淋漓的風景，寫過一篇杜鵑啼血的文章，與一個賞心悅目的人錯肩，也就夠了。不要收藏美，鈐印美，讓美隨風而逝。生命最清醒的時候，是將萬里長江視為一匹白絹，裂帛。[17]

簡媜對「美」的追求是一種感性的體悟[18]，而且以詩的象徵性文字宣告她對美的態度，所指涉的是一種意義模糊而不確定的直觀。儘管如此，我們仍可從其慣用的強烈意象發現她追求的悲壯之美。其中「裂帛」便是她喜愛的意象之一，而這個意象頗有不可留戀和幻滅的決裂意味。於是這就形成她在審美上的矛盾，也是造成她在出世和入世的不明確地帶擺盪的原因。譬如〈月魔〉一文，她在中秋之夜忽然起意遠遊，肇因於一種想逃離常軌的心態。這本是心思敏銳的創作者在社會機制和規範制約之下最常有的掙扎。她毫不猶豫的出門之後，卻又覺得應該打一通電話回家以免家人牽掛。欲逃離而又放不下的心態始終貫穿她的散文，投射在她對萬事萬物的價值觀上，也就時而是清越剛強的樂觀，時而為低徊的悲觀。譬如她對個體生命的肯定和自信：

> 不曾崇拜任何作者任何一本書，因為知道他們掬於生命的源頭，也不崇拜生命，因為生命在我體內[19]。
>
> 不去探索觀世音的面目，也不爭辯上帝的容顏。不追查神異，不耋清奇蹟。以前唸佛

16《只緣身在此山中》試圖借佛法來自我開釋，然而卻不免處處有矛盾和糾結，在《私房書》中亦可從零簡中爬梳出她處處有建構自己生命哲學的企圖。

17 簡媜：《下午茶》（台北：大雁書店，一九八九），頁七一。

18 鄭明娳認為簡媜對美的體認是無可觸摸的「感覺」，美締建於簡媜極主觀的價值體系中，在她生命裡也還沒有營造出具體的「形象」，因而這成為簡媜在其前三本書的「追尋」主題（見《當代台灣文學評論大系・卷五》，頁四九五）。

19《私房書》，頁一九。

典、聖經，難免墜入文字魔障，把意思弄擰了。現在神清氣爽了點，知道沒有我，神怎麼辦？[20]

這兩則豪氣干雲的宣言，充滿對自我存在的篤定，頗有「我在故我思」那種肯定人有主宰自我生命，脫離一個形而上的萬有控制的特立獨行。但是在許多時候，簡媜毋寧是更沉於悲觀而不知其所終的，例如在〈破滅與完成〉裡對人之存在的思索：

一切存在，又歸於不存在，哪一個嘆息聲最沈重？每名乘客無所逃遁於旅程終極之謎、族群總體命運、個我生命目的。三度風景同時交織不斷纏縛，愈活愈聽到未曾謀面的神在空中拍掌竊笑，彷彿說：你們當中抬頭仰望天空的，去告訴埋頭苦幹的夥伴吧！我讓你們活著，乃為了取樂。[21]

這則引文又是肯定神的存在。人活在神的手掌心裡，惶惶不知其所終，只能卑微而苟延殘喘的賴活，與前面「沒有我，神怎麼辦」的自信是南轅北轍的。對婚姻的態度她亦抱著幻滅，然而「自行閹割結婚念頭」[22]並無法阻絕女性天生的母性。〈鹿回頭〉裡可見她對小表弟的親暱之情，一種等同於母性的愛滿滿的流竄，她甚至認為自己是以未婚媽媽的姿勢褓抱這年齡與她懸殊的小表弟，充分滿足母親的嚮往[23]。但在這樣浪漫的母性衝動背後，她卻質疑婚姻的意義何在[24]。「自行閹割婚姻」的悲壯和母性幻想的浪漫形成角力，亦是壯士和地母性格的衝突和交疊，亦構成簡媜散文魅力的要素。

三、母者／女人：蝴蝶與坦克的化身

作為一個女性創作者，簡媜無疑的對女性角色有極為敏感和細膩的觸覺。對女性角色的書寫一直是她持續的創作主題，不過這個主題所關注的女性群體隨著簡媜從農業社會走入都市，從「鄉村時代蔬果時期」[25]走入滿是胭脂體味的台北盆地。這種有意識的探索早在《只緣身在此山中》就已露端倪：

20《私房書》，頁一一九。
21《夢遊書》，頁二二四。
22 簡媜：《胭脂盆地》，頁二〇三。
23《夢遊書》，頁二〇〇—二一九。
24《私房書》，頁八五。
25《女兒紅》，頁一二九。

我期待「母者」力量的重新蒞臨，引領生者亦安慰死者，呈現平安的秩序。這可能是另一個主題的契機，等我能力夠壯碩了，再進行開礦。[26]

果然，這個「母者」的力量蓄勢待發，在《私房書》後所出版的散文集，女性成為其主要的寫作題材，《夢遊書》、《胭脂盆地》和《女兒紅》便有不少以虛構和寫實的筆法，去觀照女性的內心世界，以及當女性（上班族，「田僑」的第一、二代，家庭主婦）置身於光怪陸離大雜燴的都市生活的處境，由內在的掙扎和外在環境的角力所形成的錯綜糾葛巨網。相較於她筆下的男性總以殘缺的生命型態，以唯美浪漫的方式完成生命，如〈漁父〉中意外逝世的父親，〈四月裂帛——寫給幻滅〉罹患絕症而早逝的男友。〈水經〉記述大學時代唯美的戀情，男性的角色是模糊的，簡媜耽戀的是一種接近「美感經驗」的戀情，讓她動心的是那男子揭開她所嚮往的大自然的秘密，這番話打動了她：

「天空是藍的，飛機在太平洋上空行走，妳知道太平洋是什麼顏色？妳一定以為天藍色？錯了，翠綠的！從飛機裡往下看，太平洋的魚在妳腳下跳來跳去……」[27]

她本來並不想接受這段年輕的戀情，然而那男子以大自然為餌，深深勾動了她的好奇心，也因此啟動了一段美好卻沒有結局的感情，與其說吸引簡媜的是愛情，毋寧說那是一種追尋「美」的本能。也因此她生命中的男性一直是缺席（absence）的，在場的是無所不在的母／女性。她是亦柔亦剛，集蝴蝶與坦克於一身的象徵，也是指揮宇宙最大的力量。在〈母者〉這一寓言體散文中，母者的形象是她對以前所有女性形象的總結：苦難和悲憫的象徵，維持宇宙的秩序，哺育萬物的泉源，愛的最原始力量。在〈春日偶發事件〉中那個敘述者口中被遺棄的高齡母親；〈子夜鈴〉裡近乎植物人的母者儘管已幾乎沒有生命力，卻以驚人的意志力等到女兒千里迢迢回來相見；幹起活來乾脆俐落，以賣粉圓為生，可能是「農僑」的〈粉圓女人〉；〈一枚煮熟的蛋〉中因為丈夫不顧家而得獨力扛起家計，拼命賺錢養家的都市女人；憨厚傻氣，是大地之母原型的麗花（〈麗花，有妳的信〉）；觀念還創停留在舊時代，吃了一輩子苦，老來仍儉約到近於苦行的阿嬤（〈銀針掉地〉），她們都是簡媜筆下「母者」的分身，一種孕育自農業時代，蘊含大自然強悍生命力，堅苦卓絕的女性。

然而奇異的是，簡媜書寫女性都是避開男性而使其成孤立／獨立的個體，以這樣的角度去鳥瞰／窺探女性的角色，因而書寫的角度呈現其獨特的洞見（女性的堅強）時，亦是一種

26《只緣身在此山中》，頁三。
27 簡媜：《水問》（台北：洪範，一九八五），頁一二六。

偏見。這樣的說法並無貶意，前面提過，獨特的個性造就獨特的散文風格，簡媜的偏見或亦是構成其散文魅力的要素。何況作為一個女性作家，從自身的角度出發去思考女性的處境，最能深入問題的核心。但是簡媜在《只緣身在此山中》以散文體小說的形式寫就的〈無盡意〉和〈無緣緣〉諸篇，卻有失之過簡的缺失，在這數篇以佛理為基礎去探討女性的生命歷程，一來如鄭明娳所言有「佛理猶淺」[28]之弊，二來是其所關注的問題太龐大複雜，宜以篇幅較大，情節事件較繁複的小說處理，當更深刻。何況簡媜的主觀極強，她強烈的小說意圖儘管穿插在許多散文裡，讀者卻始終視之為散文，此亦是我所謂簡媜是個極度「散文化」的創作者。

孤立無援的特質是簡媜筆下女性的原型，那是成就獨立堅強女性的背書，同時又是悲情的始作俑者。「請往下走，直下到／那永遠孤寂的世界裡去」[29]。這樣的孤寂不斷與外在環境糾結，形成〈秋夜敘述〉那位傾訴者的敘述力量。幸福的秘術何其難尋，而在胭脂味裡掙扎浮沉的遊魂，竟要對自己的貼身暗影念叨孤絕的無所不在無所不包。簡媜如此沉溺於孤寂的深海而不知其所終，這在《女兒紅》輯三的諸多篇章裡有表面上看似自虐，而實是自憐的書寫，對象是無數寄生現代都會的女性。簡媜時而化身為離過婚或被遺棄的女人，時而為情婦；或為吊死鬼，或為未婚的老女人。這些人或深或淺都染有一種叫「孤獨」的都市病症，視其與之糾纏時間之長短，而病症亦有輕重之分。這些女性會獨自上賓館，又不斷更換賓館[30]；收集每一雙為情人準備的拖鞋[31]；有強烈職業倦怠症的公關，寧願在下班之後親吻地板也不願再開口[32]；這些近於病態的中年女人被安排在類小說的散文書寫中，透顯出一種都會女性無所依歸的情感，即便是在同性的情誼中，也無法給予對方溫暖，更沒有相互支援的可能，例如在〈在密室看海〉、〈女兒狀〉和〈秋夜敘述〉中的，同性之間的情誼是「妳有歸路，我仍在旅途」[33]，而無法相濡以沫。是以「紅」和「鬼」可視為一組互為指涉的意象，即壯烈而悲悽的都會女性。她們的孤獨在《女兒紅》中幾以喃喃自語的對自我的傾訴為治療，而書寫成了自我療傷的唯一可能。簡媜不再像《只緣身在此山中》時對女性的溫暖同情，反以冷眼旁觀的筆調去爬梳她們糾葛的心事，被都會隔絕，被愛情棄絕的無助無援，一如那位〈某個夏天在後陽台〉的女主管那般與世界隔隔不入，永遠與人世保持疏離的距離。她們唯一可得的療方是回到內心，對自身進行自我救援，回到女性那種孤單而堅強的處境。

28《當代台灣文學評論大系．卷五》，頁四九九。
29《女兒紅》，頁七三。
30《女兒紅》，頁一七二。
31《女兒紅》，頁二一二。
32《女兒紅》，頁一六四。
33《女兒紅》，頁八八。

四、父親：理想化的男性典型

簡媜的散文不乏情愛的書寫，但其筆下的愛情卻常落得以悲劇收場，男性也恆以悲劇的生命型態告終。而這樣不完美的愛情，實與其童年喪父有著十分密切的關係。這個缺憾造成簡媜筆下的男性角色一直籠罩在她父親的陰影下。父親在她不斷的「潤飾」之下，變成人子、人父、人夫「三合一」的完美結合。然而正因為這樣的形象是想像的理想典型，於是在現實生活裡便永遠無法被滿足。儘管對情愛鍥而不捨的追尋，結果得在不斷失望的循環中打轉，始終沒有辦法落實她一直企求的完美感情。然而詭異的是，經過這樣痛苦的情感淸滌之後，父愛的匱乏反倒不成為缺憾，甚而更成就一種不落世間塵埃，出世的男女之情。或者應該說，簡媜追求的是「美」的完成——那套並不清楚明白的價值體系，卻始終是她一生追隨的信仰。

簡媜以〈漁父〉為題，以第二人稱的傾訴口吻寫就的悼父文，其敘事腔調實更近於對戀人的傾吐。〈漁父〉本是屈原騷賦裡行吟澤畔的高蹈隱者，簡媜挪用其意而不拘其神，用以形容她以捕魚為生的父親。此文開始的第一句「父親，你想過我嗎？」[34]，是以人女與情人的口吻發問，此後亦是在不斷的提問中，開展她和父親愛怨夾雜的複雜情感。由於她父親期望第一胎是男兒，於是女兒的出生不免令重男輕女的父親失望，也連帶宿命地決定了父女之間若即若離的感情。她始終耿耿於懷父親只稱她為老大，而不直呼其名。為了確定父親對她的愛，她曾多次像戀人那樣試探父親是否在意她，其心情正是情人之間必須不斷承諾不斷肯定，患得患失的心情，正如她形容的「我們又互相在等待、發現、尋找對方的身影」[35]。然而這樣對彼此十分在意的情感卻仍不免壓抑於「你對我的原始情感：畏懼的、征服性的，以及命定的悲感」[36]，這是傳統以男性／父親為中心的家庭中，父女之間最易出現的上對下，男對女的權威相處。父女之情潛藏在征服和權威之下，羞於直接表達，卻需要在現實事件中透過不斷的追問、探詢和跋涉才能肯定這份與生俱來的愛。於是這份情感也就顯得份外艱難，行文至最後，「不知該如何稱呼你了？父親，你是我遺世而獨立的戀人」[37]。這樣「纏綿悱惻」的告解，使得嚴父一變而兼為浪漫的情人。由於時空拉開的距離，她對父親的感情產生一種超越的美感，在不斷的追尋和衍義之後，父親的意義已經不止於命定的倫理至親，而更兼有「戀人」的唯美浪漫。

34《只緣身在此山中》，頁一四一。
35《只緣身在此山中》，頁一四六。
36《只緣身在此山中》，頁一四六。
37《只緣身在此山中》，頁一六五。

這樣「天倫既不可求，就用人倫彌補」的態度，決定了簡媜日後對情愛的處理方式。她繼續在現實世界中尋找這分唯美，譬如她的男友「你真像我的阿爸」[38]；在〈水經〉中幫她男友洗衣就像幫父親洗衣；而在〈夢遊書〉中那椿以書信維持的戀愛，對方要以「上輩子一定是妳遺棄我，才有今生等我之苦」[39]來詮釋，而簡媜卻認為他們前世是併肩作戰的道義交，祈求今生的相逢是德性與浪漫雙全的實踐。這樣對德性的堅持仍要溯源到對天倫的念念不忘，就像在〈四月裂帛——寫給幻滅〉中，她因為「我得以在你身上複習久違的倫常，屬於父執與兄長的渴望」[40]而欣喜。然而追根究柢，簡媜的情感歸依還要納入美，納入自由：

> 如果是最美的一個男子，我會愛。不需要以允諾償還允諾，以淚眼輝映淚眼的愛法。只是去愛，沒有目的，沒有未來；不必信誓，不必結盟。愛可以實現，但不在人世的塵土上。愛等量於自由。[41]

這樣沒有目的和牽絆的愛法，在紅塵中無法落實，於是只好讓它寄託於更崇高的自由，那來自大自然的最高啟蒙和指導法則。這樣的想法令她對婚姻懷抱「超越勝於廝守」的觀念，而徘徊於美和現實相干戈的門檻，卻也成就其散文遊走於現實和想像之間的辯證魅力。

結論

簡媜的原鄉既開啟其創作之門，童年的經驗使其散文充滿對美的追尋，成長的經歷則促使她對女性題材的關注和書寫。童年喪父令她對情愛始終有著超乎完美的要求，以「人子、人父、人夫」三合一的理想男性來祈求一份兼具美和倫理的至愛，因此終究不免以挫折和悲劇告終。在幻滅和孤獨之中淬煉出她堅強的個性，折射於散文中，自有壯士和地母二者混合的大氣和壯烈。其擺盪於現實和想像的書寫，遊走文法邊緣的文字，乃至混合詩和小說的技巧，無不是她追尋美的手段，也因此為其散文增添助力，使其散發出生命的野性和活力。

38《只緣身在此山中》，頁一六一。
39《夢遊書》，頁二三三。
40《女兒紅》，頁三一。
41《私房書》，頁三五—三六。

參考書／篇目

胡錦媛：〈或父或狼或散文或小說──讀簡媜《女兒紅》〉，《聯合文學》第一四九期（一九九六年十二月），頁一四五。
鄭明娳：〈從《私房書》探簡媜的心室秘笈〉，收入《當代台灣文學評論大系．卷五》（台北：正中，一九九三），頁四九一－五〇一。
簡　媜、陳義芝、馮曼倫、趙衛民：《一斛珠》（台北：李白，一九八七）。
簡　媜：《七個季節》（台北：時報，一九八六）。
簡　媜：《下午茶》（台北：大雁書店，一九八九）。
簡　媜：《女兒紅》（台北：洪範，一九九六）。
簡　媜：《月娘照眠床》（台北：洪範，一九八七）。
簡　媜：《水問》（台北：洪範，一九八五）。
簡　媜：《只緣身在此山中》（台北：洪範，一九八六）。
簡　媜：《私房書》（台北：洪範，一九八八）。
簡　媜：《浮在空中的魚群》（台北：漢藝色研，一九八八）。
簡　媜：《胭脂盆地》（台北：洪範，一九九四）。
簡　媜：《夢遊書》（台北：大雁書店，一九九一）。

旅行中的書寫
——一個次文類的成立

要論述旅行書寫，勢必要先論述何謂旅行。先有旅行，方有旅行書寫，然而旅行與旅行書寫卻沒有必然性，也就是說，旅行與旅行書寫是兩件事，旅行書寫是旅行的「不必然」結果。旅行書寫從一九九〇年代末大盛，成為一個與飲食文學分庭抗禮的新興主題，胡錦媛在〈台灣當代旅行文學〉一文指出，旅行文學跟網路結合，成為「台灣當代發展得最為迅速廣泛的文類，有評論家甚至宣稱旅行文學為台灣當代的『時代文學』」[1]。究竟是什麼原因催化，鼓動了旅行書寫的風潮？

1　胡錦媛：〈台灣當代旅行文學〉，收入陳大為、鍾怡雯編：《二十世紀台灣文學專題II：創作類型與主題》（台北：萬卷樓，二〇〇六），頁一七二。

這是一個非常有趣的觀察。它牽涉到文學與文學機制的運作，以及文類演變與發展的關係。旅行書寫成為顯學，跟一九九七年華航接連舉辦三年旅行文學獎有莫大的關係。華航旅行文學獎以首獎一萬美金，以及兩張來回世界任何航點的頭等艙機票的優厚獎賞，讓旅行書寫跟旅行一樣具有吸引力。一九九八年，長榮航空舉辦第一屆，同時也是唯一一屆的長榮寰宇文學獎，跟華航互別苗頭。這兩屆文學獎皆把旅行「書寫」稱為旅行「文學」，直接宣示它是一種「文學類型」。這兩個獎項挾媒體的強勢宣傳，對旅行書寫起了推波助瀾的效果。在媒體時代，文學類型不是經由複雜的文學史進程緩慢累績而成，而是經由「外力」，也就是媒體的操作而快速成形。雖然學界對旅行「文學」這個名詞的使用打從一開始就抱持質疑的態度，就像質疑飲食「文學」一樣，它們能夠成為獨立的文學類型嗎？

從一九九七年的質疑開始，至今十年。十年後，旅行書寫快速累積了一批為數可觀的成果。一九七〇、八〇年代，外交官夫人徐鍾珮的《追憶西班牙》（一九七六）、《靜靜的倫敦》（一九七七）和《多少英倫舊事》（一九八〇），以及同時期三毛的《撒哈拉的故事》（一九七六）、《稻草人手記》（一九七七）、《哭泣的駱駝》（一九七七）、《溫柔的夜》（一九七九），這些廣為人知的異域書寫，曾經風靡許多讀者，特別是三毛，她以「流浪」的浪漫姿勢代替讀者完成他們的夢想，成功的塑造出「浪跡天涯的台灣奇女子」形象。

然而這兩位的旅行書寫均被置入散文的大類裡，就像遊記其實是余光中散文書寫重要的一項成績，從《左手的繆思》到《日不落家》，計有四十六篇之多。除了遊記體之外，並有中國傳統遊記的論述四篇。論述與創作並駕的書寫策略，可見余光中試圖透過知性的論述去思考遊記的本質，而嘗試在這兩者相互溝通，相互影響之下建構遊記的書寫風格。[2]跟徐鍾珮、三毛一樣，他的遊記亦淹沒在散文的大項裡，鮮少被獨立論述。這三位作者的例子足可說明，旅行書寫本以零星的隱藏型態存在，它並沒有被創作者視為重要的「類型」，一個次文類。直到二〇〇〇年以後，標榜以旅行為主題的旅行「文學」，而非旅行指南／導覽人量出現，旅行書寫才成為風潮。

二〇〇〇年因此是個值得考察的時間點，我認為跟華航和長榮所舉辦的旅行文學獎有密切的關係。文學獎促成旅行與文學的聯結，引爆了積累的旅行書寫能量。旅行被稱為時髦的新興文類[3]，固然跟媒體和文學獎的操作有關，亦有其時代條件的裡應外合。胡錦媛對旅行文學的觀察是：「自九〇年代以來，經濟力的提升、全球化的願景、對異國的想像與緊張的

2 詳見鍾怡雯：〈風景裡的中國——余光中遊記的一種讀法〉，《無盡的追尋——當代散文的詮釋與批評》（台北：聯合文學，二〇〇四），頁四一—五六。

3 舒國治在〈十年目睹之怪現狀〉說：「『旅行』，成為出版的一種門類。報紙及電視談到旅行，如同是一時尚。」見《流浪集》（台北：大塊文化，二〇〇六），頁一一二。

生活壓力，使旅行爆炸性地成為台灣全民生活的『必要』，一種持續進行的集體儀式。旅行所激發出來的敘述慾望與全民書寫能量在旅行寫作中找到了最鍾情的消耗空間」[4]。台灣自一九七九年開放觀光，經濟起飛和全球化風潮下的觀光產業，其實是旅行書寫的基礎。從觀光到旅行，進而有旅行書寫的可能，其實是一連串觀看、反省、思考和批判的論述過程。論述旅行書寫在當代或後現代的意義，就必須重新思考旅行的意義。因此本文第一節擬討論當代台灣旅者和論者如何看待旅行，旅行如何形塑旅者，實為旅行的後設討論。

本文第二節擬論述「旅行」與「書寫」如何可能。旅行必然是身體的移動，是一種不可替代的跨界經驗。因此旅行不能只是心靈產物，而須有現實的經驗和實踐為基礎。雖然如此，旅行書寫能否等同於寫實，在身體跨界的同時，能否同樣在現實與想像之間跨界？從當代台灣的旅行論述，和旅人的書寫，去探討旅行和書寫如何可能，乃是第二節的討論焦點。

一、旅行的後設辯證

我們帶著我們的偏見去旅行，換而言之，沒有一種旅行是客觀的，主體帶著自身的文化背景和意識形態去旅行，讀者閱讀的不只是異地風景，尚包括旅者的觀點／偏見，也就是旅者的「內心風景」。旅行最根本的意義乃在發現自我／他者的「差異」，因而產生內省和反思。以下所引旅行書寫中關於自我／他者的討論，或可說明這層關係：

> 波特認為旅行書除了記錄旅途的經驗表象，更重要的是建構作者的自我主體（subjectivity）以及和他者（Other）之間的對話交鋒（a diologic encounter）。旅行者離家在外，跨入「他者」的地理與文化版圖，產生一種追尋烏托邦的欲求。這種欲求兼含對本土現況的不滿，以及對理想國（制度）的想像建構。雖然旅行書以記錄實證經驗自詡，但是潛藏在旅行者心中的欲求卻促使自我主體持續藉由外在世界的刺激而生內省，思考「我」與「他者」的定義，以及兩者之間的關係。[5]

慾望乃是對應缺憾和幻想的滿足而起，對現實的不滿，對未來／遠方的想像，乃有追尋烏托邦的欲求。這是旅行的最原始動機。舒國治便表示「旅途中變化無窮的景致，未必能轉移你

---

4 胡錦媛：〈台灣當代旅行文學〉，收入陳大為、鍾怡雯編《二十世紀台灣文學專題II：創作類型與主題》，頁一七一。

5 宋美璋：〈自我主體、階級認同與國族建構——論狄福、菲爾定和包士威爾的旅行書〉，《中外文學》第一六卷四四期，總三〇四期，一九九七年九月，頁五。

固執的視點而達至所謂的『目不暇給』。看東看西一陣後，你總還是看回你自己、看回你心中一直還企盼的某一世界。倘你心中想的事不能由旅途中得見，眼雖不停顧盼，竟是視而不見」[6]。這段論述以旅人的身分回應了波特的意見，旅行照見的不見得是異地風景，反而是旅人內心的偏執。跟「觀光」不同，觀光是一種走馬看花的風景獵奇，或者購物消費的商業行為，早期台灣甫開放觀光時，台灣觀光客最為人垢病的，便是這種暴發戶式的觀光行徑。

舒國治認為旅人看見的是自己的慾望，那慾望便是「烏托邦」，心中所企盼的另一世界，換而言之，旅行是一種照見旅人「內心風景」的方式。正如余光中的旅行觀感：「風景可以是一面鏡子，淺者見淺，深者見深，境由心造，未始照不出一點哲學來」[7]。這段引文的體悟頗為接近精神分析大師拉崗（Jacques Lacan）所說的鏡像結構，透過他者／非自我，才能映照出自我。余光中的「風景鏡子」之說可謂以旅行呼應拉崗的理論。引文出自〈山國雪鄉〉，寫於一九八七年，余光中的「風景」可以理解為廣義的「異域」，它召喚余光中的內在中國，內在中國同時又構成了他遊記裡最獨特的風景[8]。羅智成在《南方以南，沙中之沙》反省撒哈拉和南極之旅時，發現自己性格並不適於旅行：「我不是那麼冒險犯難，也不是那麼刻苦耐勞」[9]。沙漠和南極（他者）的作用在於讓這位提倡旅行，同時也戮力旅行的詩人，發現自己並不適合旅行的性格。

當代對旅行反思最深入者，當推「浪人」舒國治，他舉終生以旅行為職志的文人

Norman Douglas為例，這位文人在垂老之年，竟想客死異鄉義大利卡布里島（Capri）。旅行到最後，驛站竟變成了家，作客他鄉成了落葉歸根，離與返的辯證消失，「但真正令人留在異地不走的，其實是一種糊塗的惰性，一股先天形成的遊魂（Wanderlust）血液」[10]。這段文字來自長榮寰宇旅行文學獎的得獎感言，雖然說的是別人，實則舒國治以喻自己便是那無法安定的「遊魂」：

> 有好些年，我在美國跑了不少地方。總有四十幾個州，總跑過約十萬哩。地闊天長，不知歸路。睡過太多太多異地的車上，去了太多太多毫無來由的村鎮。十多年後回想，仍然想不出一個道理我幹嘛要在那些公路上讓我的汽車滑行。[11]

---

6 舒國治：〈旅途中的女人〉，《理想的下午》（台北：遠流，二〇〇〇），頁六一。

7 余光中：《隔水呼渡》（台北：九歌，一九九〇），頁一八三。

8 詳見鍾怡雯：〈風景裡的中國——余光中遊記的一種讀法〉（台北：聯合文學，二〇〇四），頁四一—五六。

9 羅智成：〈遊記修改了我對旅行的記憶〉，《南方以南，沙中之沙》（台北：天下文化，二〇〇二），頁I。

10 舒國治：〈惰性與遊魂〉，《聯合文學》第一六七期（一九九八年九月），頁三八。

11 舒國治：〈漫無根由的旅行者〉，《理想的下午》，頁一二〇—一二一。

不同於一般人有目的地有明確目標的旅行，舒國治的飄泊其實更接近流浪，或者晃盪，他的《理想的下午》副標是「關於旅行也關於晃盪」，而《流浪集》則是「也及走路、喝茶與睡覺」，旅行便是流浪，亦是生活本身。他比「為了夢中的橄欖樹」的三毛更具浪跡飄移的性格，甚至連青年時光也一併在飄蕩中送走[12]。異域成了空間「概念」，而非實存的空間「地理」，旅行跟生活成為一體，身體跟空間互動合而為一：

> 流浪，本是堅壁清野；是以變動的空間換取眼界的開闊震盪，以長久的時間換取終至平靜空澹的心境。……這時的旅行，只是移動而已。至此境地，哪裡皆是好的，哪裡都能待得，也哪裡都可隨時離開，無所謂必須留戀之鄉矣。[13]

旅行形塑旅者的主體性，「此處」（Here）跟「彼處」（There）的界線泯滅了，空間失去意義，旅行甚至讓主體變成「主體就是旅行、旅行就是主體」。《理想的下午》跟《流浪集》二書因此流露「定居」亦是「流浪」的況味，旅行的意義可以是心靈的漫遊，身體的放鬆，不一定要遠走他鄉。他甚至為台灣人的旅行另起新意：「我們人人在牌桌上、在榕樹下、在無數的咖啡館及泡沫紅茶店裡漫遊。這在西方國家不容易看到」[14]，舒國治對生活的觀點完全來自對旅行的體悟，藉由生活而延伸旅行的意義，在生活尋找旅行，旅行中尋找生活。

郝譽翔在《一瞬之夢：我的中國紀行》說：「老實說，我也不知道為什麼這些年來，會一直不斷地東奔西走，有時，並沒有任何的目的，單純只是為了想走，而走」[15]，或許她並沒有意識到，旅行在多次的實踐之後，已經變成一種生活習慣，一如鍾文音說：「長期旅行反而貼近生活，我時時有生活在他方忽遠忽近的心情在作祟著自己於異旅的狀態」[16]。旅行被一再操練之後，新奇感逐漸消耗，於是旅行成了旅行本身，再無其他。

後現代社會泯滅了居住和旅行的意義。李鴻瓊在〈空間、旅行、後現代：波西亞與海德格〉論及居住和旅行時，特別討論海德格「居住」的觀點：

> Heidegger 對現代科技的批評基本上是強調居住的不可能，因為科技使人無法再接觸

12 舒國治在〈路漫漫兮心不歸〉論述這類恆在旅途之人，「若在路途太久，久到不急著奔赴一處目的地時，往往不免進入飄蕩的情境。這是頗危險的。所謂危險是指對人生的態度而言。……這樣的生活過下去，一個不好，青年時光就這麼全在飄蕩中滑失了。」（見《流浪集》，頁四一）。

13 舒國治：〈流浪的藝術〉，《流浪集》，頁七〇。

14 《理想的下午》，頁一二〇—一二一。

15 郝譽翔：《一瞬之夢》（台北：高寶，二〇〇七），頁二四八。

16 鍾文音：《情人的城市》（台北：玉山社，二〇〇三），頁三〇六。

傳統因而變成無根的存在。……「失去靈氣的城市」使得地方歸屬感不再存在，而觀光或當代旅行可能就是為了要逃離這種文化的無根狀態。但是在逃離和收編之間形成了一種惡性循環。越來越難居住或越來越禁錮的現實產生了逃離之社會的延伸，因為旅行早就已經是事先經過科技結構化或規劃的了。但每一次的逃離或尋求自由的失敗都喚起下一次的逃離，也都再次經歷收編或失敗的命運。[17]

這段引文指出，在全球化和科技時代，旅行成為一種經驗複製，於是地點不重要了，因為每一次的離開都無法免於結構性的重複。當代的台灣旅者因為頻頻旅行，改寫了旅行的意義，旅行不再是冒險犯難，而是在網路無國界的符號世界裡，在「無國境世代」[18]，藉由肉身的移動而確認／發現存在的意義，跟鍾文音、郝譽翔同輩的王盛弘也說：

我在國外，很少想家，大約在台北也是一個人過慣了日子，久而久之，就像於倫敦雀兒喜藥草園發現的一簇西班牙鳳梨，掛在枯樹上，吸收空中水氣即可存活，沒有根，已經不需要根，在這裡在那裡，在此方在彼方，無處不能生長。[19]

南方朔在為王盛弘的《慢慢走》作序時便表示，文明開創型旅行家的時代已一去不返，當代的旅人多半把旅行視為「自我精神修煉之旅」[20]。王盛弘的歐洲之旅的「精神修煉」乃是確立自己屬於「無根」世代，網路時代／世代有一半是活在虛擬空間裡，網路改寫了旅行的意義，跨界的衝擊感降到最低，只要有網路，就沒有太多的他方可言。黃寶蓮亦認為網路讓出發缺乏新鮮感，「行李安放客廳，靜待主人出門，護照車票錢包鑰匙，該帶的要帶，該放的都應該放下！來去如此尋常。這年歲，都沒了離愁和相思，也是E-mail無遠弗及」[21]。

人類學學者李維．史特勞斯《憂鬱的熱帶》一開頭就說：「我討厭旅行，我恨探險家」，「我們到那麼遠的地方去，所欲追尋的真理，只有在那真理本身和追尋過程的廢料分別開來以後，才能顯出其價值」[22]，李維．史特勞斯並抱怨旅行的受苦和寂寞。那是一九五五年或以前的現代，而李維．史特勞斯前往之地仍是前現代的蠻荒之地，吃苦和寂寞是旅行

17 李鴻瓊：〈空間、旅行、後現代：波西亞與海德格〉，《中外文學》第一六卷第四期（一九九七年九月），頁一〇九。

18 借用黃寶蓮的書名。黃寶蓮：《無國境世代》（台北：九歌，二〇〇四）

19 王盛弘：《慢慢走》（台北：二魚，二〇〇六），頁六一。

20 南方朔：〈一個有風格底作家的誕生〉，收入《慢慢走》，頁二七。

21 黃寶蓮：《未竟之藍》（台北：圓神，二〇〇一），頁八。

22 李維．史特勞斯著、王志明譯：《憂鬱的熱帶》（台北：聯經，一九九九），頁一—二。

的必然，他大概無法像布希亞（Jean Baudrillard）那樣，讓旅行充滿後現代的思考，尋找「意義的消滅」[23]，亦無法像舒國治那樣，享受流浪的冷藝術：「我們假設他有他自己的主體，例如他的『不斷移動』是其主體，任何事能助於此主體的，他做；而任何事不能太和主體相干的，便不沉淪從事。……這種流浪，顯然，是冷的藝術」[24]。

所講「冷的藝術」，跟布希亞所提倡的，旅行是一種「朝向不歸的目標」頗為相似，旅行只是移動，一種消失，布希亞的旅行亦可視為「後現代旅行理論」：

> 而決定性的片刻便在猛然意識到旅程沒有終點、旅程不再有理由非要到達某一個目的地不可。超越了某一界點，即變成移動自身在變化。原本依自己的意欲而在空間移位的運動，變成被空間本身所吸納——不再抗拒，不再有旅行特有的景象。[25]

主體成了「不斷移動」本身，景象並非旅行的目的，甚至沒有目的。跟以開疆和殖民為目的的大旅行時代，旅行的意義可以說被徹底翻轉。黃寶蓮甚至認為，旅行是一種消失，「如果我迷路、失蹤，甚至消失在地球上，自己大概也不知道原因」[26]。這種一心嚮往遠方的「遊魂」，沒有目的，只為了消失和移動，是與生俱來的騷動和不安。舒國治便勸人不要太快回家。「夜裡睡在不甚乾淨的稻草堆上……想想不必睡在鋪了床單的床上，是多麼像兒童的夢一樣令人雀躍啊」[27]，要而言之，流浪對舒國治而言有種重返（童年）烏托邦的意義，遊玩的意義，純為殺時間的不務正業之舉，「遊山玩水，於我固為探奇，也為延時消日徜徉不歸。愈得專心於形勢之奇風土之美，愈得以流連忘返，將人事肩擔之愧索性拋卻」[28]，因此旅行是生命的一部分，為了彰顯生命的波折和流動。就像在一篇名為〈早上五點〉的散文裡，舒國治說早上五點，他從未在床上，雖沒有什麼明確目的地要去，卻總是人在屋外行走，總是在旅途中。因此舒國治的旅行認知，比較接近張讓所說的：「旅行終極的意義不過是一種心境。讀書，看電影、散步的愉悅，無非也是精神上的旅行」、「旅行是由每天的現實中轉過一個彎，氣定神閒，從另一個角度回視」[29]。

23 尚．布希亞著、吳昌杰譯：《美國》（台北：時報，二〇〇三），頁一三。
24《流浪集》，頁六〇。
25《美國》，頁一三。
26《未竟之藍》，頁五。
27《理想的下午》，頁一六一。
28《流浪集》，頁四九。
29 張讓：〈旅人的眼睛〉，收入鍾怡雯、陳大為編：《天下散文選II》（台北：天下文化，二〇〇一），頁一六八。

誠如本節一開始就點明的，旅行主體帶著自身的文化背景和意識形態去旅行，我們閱讀的不是異地風景，也包括旅者的觀點／偏見，舒國治把當代旅者定義為「不斷移動的主體」，黃寶蓮認為旅行是一種消失。在全球化的後現代，跨界的距離縮短了，連旅行的意義也快被耗盡，風景內化成旅人的「內心風景」，旅行的後設思考因此變成格外重要。我們閱讀的，其實是旅者對旅行的思考和批判。

二、旅行與書寫的糾葛

詹宏志在〈硬派旅行文學〉這樣論述他期待的旅行「文學」：

> 那裡頭有一種滄桑世故的味道，也許他所見的世界已多，奇景妙觀未必能引起他的贊歎，他的身影走在一般人不易也不願行走之地，因而顯得特別巨大或渺小。他的作品本身應當是紀實的，不錯，這正是旅行文學的根本，不然豈不是變成了〈格列弗遊記〉？或者成了漫天大謊的〈福爾摩啥〉？作品也應有經驗轉化成思考的層面，不然和公式的船長日記或飛行記錄又何以別？[30]

這段文字把旅行文學定義成「紀實」和「經驗轉化的思考」，換而言之，詹宏志要求旅行文學必然有出發／抵達的過程，不能是虛擬實境或想像之作；同時藉由書寫，旅者轉化了他的旅行經驗，因此毋寧說，詹宏志期待的是一種旅者的觀點：景物不是最重要的，他希望透過旅人的眼睛，看旅人看到了什麼，怎麼看。在旅行書寫裡，「旅行」是一種生活經驗，最終仍要回到文字裡被檢視和閱讀。旅行書寫必須建立在豐富的旅行經驗和感受上，而非旅行地點的異時空體驗。羅智成也有相似的見解，他在《南方以南，沙中之沙》的序提到，如果遊記一味著重於異時空體驗之「趣味」、「新奇」與「特異」等元素，無乃擴大文化差距、強化偏見[31]。

胡錦媛對旅行與書寫的關係，則有以下的見解：「我個人主張旅行是跨越疆界的行為，旅行寫作者在離開旅行地點的『直接現場』後，來到寫作的『間接現場』，以文字再現旅行行為，表達跨越疆界的『行動』」[32]。既然旅行寫作是再現「旅行」，便牽涉到記憶與寫作兩

30　詹宏志：〈硬派的旅行文學〉，《聯合文學》第一六七期（一九九八年九月），頁九八。
31　羅智成：〈遊記修改了我對旅行的記憶〉（台北：天下文化，二〇〇二），頁I—II。
32　胡錦媛：〈遠足離家，迷路回家〉，收入胡錦媛編：《台灣當代旅行文選》（台北：二魚，二〇〇四），頁九。

個問題。記憶存在於語言之中，「語言卻是個開放的符號系統，本質上即非透明，也非中性的：語言的透明性在實證或經驗上早已被否定，因為語言無法模擬，語言只能表意。而且語言在表意的時候，必須借助其物質形式，即口說或書寫，這些物質形式造成語言變動不居的狀態，也使得符意浮動不穩」[33]，以文字再現旅行，因此必然不可能紀實，必然會落入羅智成所謂的「遊記修改了我對旅行的記憶」：

> 在書寫遊記的同時，我在腦袋中的旅行記憶真的被修改得更好了。

在此刻的旅行書寫中，我試圖讓讀者極大化地經驗到我主、客觀經驗。這有賴於我的作品有效地提供讀者較精確、諸如資訊、細節與觀點。它介於導覽、報導、評價與抒情之間，也擺盪在其間。

一篇遊記的說服力，就我而言，主要還是來自於一次扎實的旅行。我必須避免讓過多的文學語言混淆了這點。[34]

羅智成非常自覺記憶和語言之間的關係，當他來到胡錦媛所謂的「間接現場」，本著他對旅行書寫「介於導覽、報導、評價與抒情之間，也擺蕩在其間」的要求，於是一遍又一遍的修改旅行記憶。其次，按照後結構主義的觀點，寫作是一種既非主觀又非客觀，而是同時成為兩者的行為。克麗絲帝娃（Julia Kristeva）如此敘述巴特對寫作的認知：「既非客觀的又非主觀的，而是同時成為二者，因此成為它們的『他者』，巴特為這個『他者』起了一個名字：寫作」[35]，羅智成認為要避免「過多的文學語言混淆了旅行」，便是面對旅行書寫重返「間接現場」時，一種既非客觀又非主觀，而是同時成為二者的寫作狀態。

然而，無論再怎麼修改記憶，旅行必須有「直接現場」，它不可能無中生有。旅行書寫基本上應該歸屬到散文底下，那麼，三毛的撒哈拉之旅算不算旅行文學？《撒哈拉的故事》出版於一九七六年，三毛的沙漠之行結合了異國戀情，異文化和探險，在當時旅行並不普遍，旅行書寫並不盛行的時代，為封閉的台灣社會打開一扇窗，讓讀者見識到全然不同的異國風貌。這種非單純享樂而是帶著冒險性質的「大旅行」（great tour），一直是男人的權利。三毛卻以「流浪」的柔性訴求，成了台灣「大旅行」的首席代言人。

三毛筆下的撒哈拉自有一種跟旅人不同的在地風情，一種夾雜著「在地視野」和「旅人

33 李有成：〈自傳與文學系統〉，《在理論的年代》（台北：允晨，二〇〇六），頁四七。

34《南方以南，沙中之沙》，頁III。

35 克麗絲帝娃：〈人怎樣對文學說話〉，收入羅蘭．巴特著，李幼蒸譯：《寫作的零度》（台北：桂冠，一九九一），頁二四九。

視角」的雙重觀點，「融入」和「抽離」的身分認同。她一再宣稱，沙漠對她而言是「前世回憶似的鄉愁」[36]。更正確的說法是，她是「旅」「居」沙漠——對台灣的讀者而言，她的出走是離鄉，是羈旅；對三毛而言，台灣固然是她的故鄉，撒哈拉則是另一個先驗的，或者被「三毛神祕主義式認同」的故鄉，她「居」住在那裡。準此，三毛的撒哈拉故事似乎並不符合當代對旅行的論述：旅行必須以「回家」為前提：「旅行者終究將回到原先所出發離去的『家』。『家』的存在與回歸是旅行的觀念得以成立的前提」[37]。

三毛的文類歸屬在當代論述者筆下亦是模糊的，范銘如就指出，三毛的文本屬性很曖昧，不知道該歸類在散文、小說或自傳。不過她最後似乎「決定」歸為小說，在〈從強種到雜種——女性小說一世紀〉[38]一文中，三毛是論述對象之一。只不過行文當中，她似乎又把三毛的撒哈拉之行視為「散文」或「自傳」。胡錦媛在〈台灣當代旅行文學〉提到：三毛突破遊記的傳統記實書寫方式，將人物、情節予以「戲劇化」，成就一種傳奇浪漫的色彩[39]，如果我們同意胡錦媛的說法，三毛的旅行書寫是經過「戲劇化」處理，那麼在討論三毛的旅行書寫時，我們就必須再修改／擴大旅行書寫的定義，或者，把三毛視為個案，放在不同的脈絡底下重新再論。[40]

結論

本文主要論述當代台灣旅人／論者如何建構「旅行」，並重新討論相關的旅行論述。旅行書寫強調「旅行」是一種生活經驗，在生活尋找旅行，旅行中尋找生活，因此必須建立在豐富的旅行經驗和感受上，而非旅行地點的異時空體驗。旅行的意義可以是心靈的漫遊，身體的放鬆，不一定要遠走他鄉，藉由生活而延伸旅行的意義。在全球化的後現代，跨界的距

36 三毛：〈白手成家〉，《撒哈拉的故事》（台北：皇冠，一九九一），頁一九四。

37《台灣當代旅行文選》，頁八。

38 此文收入陳大為、鍾怡雯編：《二十世紀台灣文學專題II：創作類型與主題》（台北：萬卷樓，二〇〇六），三毛的討論見頁三〇二—三〇五。

39《二十世紀台灣文學專題II：創作類型與主題》，頁一八〇。

40 三毛以撒哈拉系列成名，除了旅行書寫之外，尚有為數頗眾的散文、類小說散文。與其說三毛完成了傳奇的一生，不如說是讀者在閱讀的過程中獲得慾望的滿足，也因此讓這個傳奇在一次又一次的閱讀當中，不斷流傳。三毛一再宣稱她所寫的一切都是「真實」的，絕無半點虛假。這樣的說法背後透露出她的書寫焦慮，以及經由盛名而來的寫作壓力。如今，「三毛」已經成為一個符號，象徵自由與追尋。「三毛」傳奇其實是由三毛自己、三毛的朋友、家人、文壇乃至讀者形塑而成。因此討論三毛，不能只從文本分析著手，而必須討論參與形塑傳奇「三毛」的過程。（詳見鍾怡雯：〈分裂的敘事主體——論三毛與「三毛」〉）。

離縮短了，連旅行的意義也快被耗盡，因此我們在當代的旅行書寫中，發現愈來愈多旅人的「內心風景」。

沒有一種旅行是客觀的，旅行主體帶著自身的文化背景和意識形態去旅行，我們閱讀的不是異地風景，也包括旅者的觀點／偏見，主體帶著自身的文化背景和意識形態去旅行。旅行最根本的意義乃在發現自我／他者的「差異」，因而產生內省和反思。

旅行書寫的義界亦非一成不變，對旅行的論述必然也將隨著旅行，以及對旅行論述的深度而有所更動，換而言之，這個書寫類型也正在旅行當中。本文以「旅行書寫」代替「旅行文學」，乃是因為從旅行書寫過渡到「旅行文學」，其實有賴更多專業的旅者，對旅行更有深度的論述。跟投入「自然寫作」的專業創作者相比，台灣以「旅行寫作」為職志的寫作者並不多見；對這個文類的挖掘和深耕，尚有待加強。

當然，如果就旅行書寫的「移動」特質思考，移動的過程比抵達更值得觀察和探索，當旅行書寫還在旅行的時候，它必然會探索出更多可能。如果「旅行書寫」有終點，那麼，抵達之時，會不會是這個次文類頹敗之際？就像自然寫作在九〇年代達到高峰之後，目前創作量銳減，且有下滑的趨勢。我們無法預告旅行書寫的未來，因此這篇論文的最大意義，乃在於對一個時代性的文學議題，提出開放思考，和暫時的結論，這樣的態度，或許更有助於我們對待目前快速積累的旅行書寫。

參考書目

Janet Wolff著，黃筱茵譯：〈重新上路：文化批評中的旅行隱喻〉，《中外文學》第二七卷一二期（一九九九年五月），頁二九—四九。

三　毛：《背影》（台北：皇冠，一九九一）。

三　毛：《哭泣的駱駝》（台北：皇冠，一九九一）。

三　毛：《送你一匹馬》（台北：皇冠，一九九一）。

三　毛：《高原的百合花》（台北：皇冠，一九九三）。

三　毛：《溫柔的夜》（台北：皇冠，一九九一）。

三　毛：《萬水千山走遍》（台北：皇冠，一九九三）。

三　毛：《夢裡花落知多少》（台北：皇冠，一九九一）。

三　毛：《撒哈拉的故事》（台北：皇冠，一九九一）。

三　毛：《稻草人手記》（台北：皇冠，一九九一）。

王盛弘：《慢慢走》（台北：二魚，二〇〇六）。

伊塔羅．卡爾維諾著，王志弘譯：《看不見的城市》（台北：時報，一九九七）。

余光中：《分水嶺上》（台北：純文學，一九八一）。

余光中：《日不落家》（台北：九歌，一九九八）。

余光中：《青銅一夢》（台北：九歌，二〇〇五）。
余光中：《從徐霞客到梵谷》（台北：九歌，一九九四）。
余光中：《逍遙遊》（台北：時報，一九八四）。
余光中：《焚鶴人》（台北：純文學，一九七二）。
余光中：《隔水呼渡》（台北：九歌，一九九〇）。
余光中：《憑一張地圖》（台北：九歌，一九八八）。
余光中：《聽聽那冷雨》（台北：純文學，一九七四）。
克麗絲帝娃：〈人怎樣對文學說話〉，收入羅蘭．巴特著，李幼蒸譯：《寫作的零度》（台北：桂冠，一九九一），頁二四三—二八二。
宋美瑋：〈自我主體、階級認同與國族建構——論狄福、菲爾定和包士威爾的旅行書〉：《中外文學》第一六卷第四期（一九九七年九月），頁四—二八。
李有成：〈自傳與文學系統〉，《在理論的年代》（台北：允晨，二〇〇六），頁二四—五三。
李維．史特勞斯著、王志明譯：《憂鬱的熱帶》（台北：聯經，一九九九）。
李鴻瓊：〈空間、旅行、後現代：波西亞與海德格〉，《中外文學》第一六卷第四期（一九九七年九月），頁八四—一一七。
尚．布希亞著、吳昌杰譯：《美國》（台北：時報，二〇〇三）。
林志豪等著：《在夢想的地圖上——第三屆華航旅行文學獎作品集》（台北：天培，二〇〇〇）。

胡錦媛：〈台灣當代旅行文學〉，收入陳大為、鍾怡雯編：《二十世紀台灣文學專題II：創作類型與主題》（台北：萬卷樓，二〇〇六），頁一七〇—二〇一。
胡錦媛編：《台灣當代旅行文選》（台北：二魚，二〇〇四）。
范銘如：〈從強種到雜種——女性小說一世紀〉，收入陳大為、鍾怡雯編：《二十世紀台灣文學專題II：創作類型與主題》（台北：萬卷樓，二〇〇六），頁二八八—三〇九。
徐世怡：《流浪者的廚房》（台北：大塊文化，一九九八）。
郝譽翔：《一瞬之夢》（台北：高寶，二〇〇七）。
許茹菁：《掙扎與圖——女性／旅行／書寫》（花蓮：花蓮師範學院多元文化研究所碩士論文，二〇〇〇）。
湯世鑄等著：《魔鬼、上帝、印第安——第二屆華航旅行文學獎作品集》（台北：元尊，一九九九）。
舒國治：《流浪集》（台北：大塊文化，二〇〇六）。
舒國治：《理想的下午》（台北：遠流，二〇〇〇）。
舒國治等著：《國境在遠方——第二屆華航旅行文學獎作品集》（台化：元尊，一九九八）。
黃寶蓮：《未竟之藍》（台北：圓神，二〇〇一）。
黃寶蓮：《無國境世代》（台北：九歌，二〇〇四）。
詹宏志：〈硬派的旅行文學〉，《聯合文學》第一六七期（一九九八年九月），頁九八—九九。
赫伯特．馬爾庫色著，黃勇、薛民譯：《愛欲與文明——對佛洛伊德思想的哲學探討》（上海：上海譯文，二〇〇五）。
聯合文學編輯部：〈長榮旅行文學獎作品輯〉，《聯合文學》第一六七期（一九九八年九月），頁二二一—九九。
聯合文學編輯部：〈當代旅行文學展〉，《聯合文學》第一七七期（一九九九年九月），頁六八—九三。
聯合文學編輯部：〈當代旅行文學展〉，《聯合文學》第一八七期（二〇〇〇年五月），頁二六—七三。
鍾文音：《永遠的橄欖樹》（台北：大田，二〇〇二）。
鍾文音：《奢華的時光——我的上海華麗與蒼涼紀行》（台北：玉山社，二〇〇二）。
鍾文音：《情人的城市》（台北：玉山社，二〇〇三）。
鍾文音：《遠逝的芳香——我的玻里尼西亞群島高更旅程紀行》（台北：玉山社，二〇〇一）。
鍾怡雯：〈風景裡的中國——余光中遊記的一種讀法〉，《無盡的追尋——當代散文的詮釋與批評》（台北：聯合文學，二〇〇四），頁四一—五六。
羅智成：〈好的旅行，以及好的旅行文學〉，《聯合文學》第一四卷第一一期（一九九八年十一月），頁九五—九七。
羅智成：《南方以南，沙中之沙》（台北：天下文化，二〇〇二）。

記憶的舌頭
——美食在台灣散文的出沒方式

小序

美食的定義雖然因人而異，大致上不離色、香、味、形等基本條件。書寫美食的散文自然也圍繞著這幾個要素鋪敘繁衍。一道菜之所以令人難忘，有時候並不完全取決於物質性的組合，情境往往能夠提升食物的美味。同樣的，一篇好的飲食散文，也不應該僅止於記錄原料的構成、佳餚的製作方式，以及描述美食如何讓感官經驗令人難忘的高潮，雖然這些都可能是構成飲食散文的要素。最好的飲食散文應該具現庖丁解牛時「技進於道」的美感層次。

所謂「技」，指的是表層的語言符號之運用。書寫美食的散文，不離烹飪的技巧，或是嗅香、察色、看形、品味等所有和「食」相關的動作描寫，乃至考究器皿和用餐環境等等；

一篇成功的飲食散文應該由這些表層的語言符號轉化，建構起意義，進入莊子所謂「道」的美學層次，否則極易淪為一篇介紹美食的平面文字，恐怕勾引食慾的效果還不及一張美食圖片。換言之，如果所有和美食相關的符號都是符徵（signify），它必定要有相應的符旨（signifier），不應該僅停留在飲食符號的表層。因此飲食散文除了具備挑逗食慾的魅力，應該還有意在言外的特色。美食在散文中應該是一種書寫策略，一種媒介，它驅使舌頭召喚記憶，最終必須超越技術和感官的層面，生產／延伸出更豐富／歧異的意義。

在一般書寫飲食的散文中，美食往往是文章的焦點。可是當它成為絕對／唯一的焦點，往往便淪為表層的符號，停留在「技」的層面。美食是飲食散文的主角，因此它在散文「出」現之後，以其「沒」的方式——隱沒／淡出／轉化的方式和方向之不同，決定了文章的層次。

這篇論文將處理現代散文中對美食的書寫，就其「出／沒」的方式，進而探求作者在美食書寫上所展現的——止於「技」，或進於「道」的美感層次。

一、舌頭的見聞

唐魯孫寫過為數不少的飲食文章，可謂此類散文的大宗。因為是滿洲貴族的後裔，特殊的生長背景提供他豐富的美食經驗，他筆下的五花八門的菜色，幾乎涵蓋了中國各地的美食。豐富的美食經驗和深厚的辨味功力，他擁有很好的條件，可以寫出最勾引食慾的散文。可惜的是他的許多篇章似乎志在記錄／介紹佳餚美食，食物的美味到了他的筆下，似乎減色不少。譬如〈常州菜餅〉寫中國餅類中他認為最好的一種，可是從這篇散文中，我們卻無法感受到常州菜餅如何好吃，只知道這種菜餅「以季節來說是朝霞沆瀣，四季咸宜，盤香翡翠，對於老人更能促進食慾，膏潤臟腑。在南方麵點中常州菜餅的確稱得上是逸品」[1]。讀者於是只「知」其味，卻無法「感受」到它何以稱得上是南方麵點中的逸品。關於菜餅（麵食）的周邊知識，譬如菜餅的種類、中國各地的菜餅特色，乃至於製作過程等，卻占了許多篇幅。這些圍繞著菜餅的單調陳述，使這篇散文輕易淹沒在其他極盡挑逗味蕾的美食散文之中。

〈吃棗子、做棗糕〉敘述和棗子相關的記憶，從棗子的種類到棗泥、棗糕的製作過程，從材料的挑選到鉅細靡遺的烹煮細節，詳盡一如食譜。讀者確實因此「了解」棗糕作功之講究費時，但是這同時也削弱了散文的感染力，原來在飲食散文中那點珍貴的回憶的滋味，便被稀釋了。或許是唐魯孫嘗過的美食太多，以至於即使稀世奇珍，也不能喚起他的味蕾歡呼。當他以旁觀者的態度，置身「味」外地陳述美食時，讀者亦置身文章之外，無法感受美

1　唐魯孫：《故園情》（台北：時報，一九七九），頁二三七。

食的滋味，只剩食物的符號在其中載浮載沉。

同樣的情況出現在《雅舍談吃》。這本飲食散文的序有這麼一段話：「偶因懷鄉，談美味以寄興，聊為快意，過屠門而大嚼」[2]，懷鄉而寄興，因此當散文彌漫著鄉愁的滋味時，它確實增添了飲食的香味；然而當飲食散文是因「聊為快意」而作，它便成為一個老饕的飲食經驗談。這本飲食散文的目錄羅列了五十幾樣美食，其中有因菜名而令讀者充滿想像和期待者，譬如〈西施舌〉。然而當謎底揭開，讀者的想像和期待也同時破滅。作者只白描「西施舌屬於貝類，像蟶而小，似蛤而長，並不是蚌。產淺海泥沙中，故一名沙蛤。其殼約長十五公分，作長橢圓形，水管特長而色白，常伸出殼外，其狀如舌，故名西施舌」[3]，這樣的白描類似觀察報告，而形容西施舌的味道只有「含在口中有滑嫩柔軟的感覺，嘗試之下果然名不虛傳」[4]。這樣的美食「報導」，充其量不過在讀者的腦海增加了一種食物的名字。〈干貝〉、〈栗子〉、〈烏魚錢〉等都和〈西施舌〉的寫法類似，同樣的佳餚如佛跳牆和魚翅，到了林文月的筆下，卻呈現迥異的閱讀效果（詳第二節）。

或許我們可以這樣說，當飲食散文的作者把食物當成對象在處理，而無法用舌頭和珍饈相遇時那樣忘我的態度，去說服讀者感受到他所享受的美味時，飲食散文也就失去了它的魅力。口腹之慾的幸福誠如伽達瑪（Hans-Georg Gadamer）所說的遊戲（play）概念，是一種讓享受美食者專注於食物而忘卻進食的行為，因此飲食散文也應該讓讀者透過文字進入對美味的想像之中，而非停留在文字表層，考據食物的來源，羅列資料，或者列舉掌故，成為一篇「介紹」飲食的散文或雜文。因此唐魯孫和梁實秋筆下所寫的螃蟹、蠟八粥、鮑魚、甜點等諸多美食，經常隨著在閱讀的結束而迅速的隱沒／淡出讀者的視域。

二、舌頭的記憶

原料須加工之後方成美饌，相同的菜色到了不同的廚師手上，它會呈現不同的口感。飲食如果在散文中是原料，那麼飲食散文就是作者加工之後呈現於讀者的菜餚。（作者）烹調功夫的高下，決定了（散文）佳餚的美味／精采與否。因此同樣是寫米線，它在唐魯孫的筆下是一種單一的敘述，作者交代它的來源，並用很大的篇幅來敘述米線的傳說，至於它的滋味，讀者大約知道是「甘肥適口熱氣騰騰的美味」[5]。可是在趙繼康的筆下，米線卻帶著歷

2　梁實秋：《雅舍談吃》（台北：九歌，一九八六），頁四。
3　《雅舍談吃》，頁一一一一二。
4　《雅舍談吃》，頁一三。
5　唐魯孫：《大雜燴》（台北：大地，一九八二），頁二四七。

史的情感和懷舊的滋味：

受盡「文革」千古浩劫和磨難的老百姓，嬉笑顏開地吃上了「小鍋米線」，既是家破人亡或焦慮經年身心疲憊的少許生活安慰，也是具體感受到鬆馳了階級鬥爭那根繃得過緊的絃。6

米線本來是雲南的一種地方食物，但是經過了歷史的浩劫，它成了一種集體記憶。一碗加上酸菜和「甜皎頭」（類似大蒜頭）的米線，那混合著酸、甜、辣的小吃，是安定生活的滋味。米線在四人幫瓦解之後的再現，不但是後毛澤東政權的一種象徵，也是即將對外開放旅遊業的先兆。它意味著階級鬥爭已經成為歷史，老百姓隱約看到了生活的曙光。

或許我們可以這麼說，美食是一種感官的享受，是物質性的；可是當它以文學（散文）的方式出現，它必須「轉化」原來的物質性，依附抽象的表現方式而存在，因此任何食物都必須經由符徵演繹到符旨的過程，才可能轉化，才可能生產意義。所以同樣是寫魚翅，林文月是藉以懷人，梁實秋則以魚翅為焦點，把他對魚翅的「知識」逐一陳列——包括不同地方的魚翅特色、作法和價格等；而唐魯孫則是介紹北平不同飯館的魚翅之別。

林文月在〈潮州魚翅〉中不厭其煩地詳述她烹煮魚翅的細節，從選翅、發翅到烹煮的心得和祕訣，其繁瑣細碎，步步為營而又耗時耗力的做法，她自稱為「藝術之經營」[7]。既是藝術之經營，則必得吸取前人的經驗，同時亦須有自己的發明，此所以烹飪和藝術相似之處。因此《飲膳札記》十九篇之數，上承〈古詩十九首〉，而所書之內容大異。〈潮州魚翅〉的烹調方法既前有所承，亦有主廚者的獨特慧心，因此閱讀〈潮州魚翅〉就宛如品嘗一碗做工費時，滋味極美的「潮州魚翅」。那碗潮州魚翅的滋味，實添加了懷人憶舊的滋味。

《飲膳札記》共有十九篇，目錄和《雅舍談吃》一樣，乍看之下都是菜餚。作者宣稱本為免遺忘其製作過程而寫，記事為次；然而在讀者的閱讀經驗中，這些伴隨菜餚而生，對人事的記憶才是彌足珍貴的，正如書中附錄林文月對《杜鎮豔陽下》一書的評語：

> 梅耶寫食譜，其實未必是機械式單調的筆法。筆尖不小心常會開溜，去回憶好的母親或是幼時在家幫傭的一個廚子。食譜的滋味，遂往往味在舌尖而意在言外了。[8]

6 趙繼康：《喫遍天下》（台北：大地，一九九八），頁一四。

7 林文月：《飲膳札記》（台北：洪範，一九九九），頁七。

8《飲膳札記》，頁一六四。

這「筆尖不小心常會開溜」，「味在舌尖而意在言外」，才是飲食散文的價值所在。因此《飲膳札記》貫常見到對親人和長輩的記憶，譬如寫魚翅而有老師臺靜農對魚翅「柔軟之中又保留一點咬勁」的標準；父親鍾愛這道美食，食畢不留一絲餘羹；以及記述師長於宴飲之際的歡樂氣氛，真正達到了「飲食，所以合歡」的境界。是以在〈紅燒蹄參〉中，一個燒糊的紅燒蹄膀，竟在酒興與談興正濃的聚會裡，成了記憶中最美好的一味，反而其他精心燒製的佳餚，在時日漸久之後，都逐漸被遺忘了。因而紅燒蹄膀不但成了歡樂的象徵，吃時「往時朋友們談笑爭食油亮蹄膀的皮而嘖嘖歎賞的情景，也每常歷歷如在眼前」[9]。如今有的老師已逝世，有的深居簡出，不再參與飲宴之事，令那道菜餚產生一股悲欣交集的滋味。

「佛跳牆」是一道匯集眾多山珍海味的葷食，這也是融合最多人事回憶的菜色。林文月孩提時聽母親傳述外祖父的往事，無意間聽到這個令人好奇的菜名，知道寫畢《台灣通史》的外祖父曾居住於大稻埕，常與騷人墨客飲宴於其間，最愛的佳餚即「佛跳牆」，而後家裡一位資深的師傅「吉師」亦擅長此道，常於假日全家相聚於北投洗溫泉時，烹煮這道菜。難怪林文月覺得雖然日後在別的場合吃過同樣的菜，「但似乎皆不及少女時代與家人同嘗過的吉師的手藝高妙」[10]，於是嘗試動手製作，整個詳細的烹調記錄實是回憶的過程。

林文月的敘事節奏淡定舒緩，烹煮的細節交代幾近求完美，譬如這樣的段落：

> 將瓷甕放置入蒸鍋中央部位，徐徐注入清水；水無需太多，多則往往令甕浮動不穩，故以淹過甕肚約五、六分高之量為宜。甕本身之重量，加上蒸鍋之內已注入相當多的水，至此全體總量更為沉重，所以不妨將蒸鍋事先安置於爐上，省免搬運之勞。爐火先須旺，等水開沸之後，可以轉弱，維持蒸鍋內之水繼續滾騰即可。這時候，鋁製的鍋蓋可能因水氣不斷沖頂而浮震擾耳，可用一小而有重量之物（例如磨刀石）平置於鍋蓋之上鎮壓之，既可防止擾耳之聲，又有助於減少水氣過分外散。[11]

這段文字是烹煮之前的預備動作，簡單的說，是「所需的水量約至甕肚五、六分高」，但是林文月演繹這個動作，卻用了二百多字交代需要留意的事項，詳述「必得如此」的道理和緣由，如此不厭其詳的提示和記錄，其實是在召喚記憶中那鍋已經不可能再出現的佛跳牆，就好像平時拘謹而不苟言笑的舅舅吃到她做的芋泥，不免也想起母親和姊姊，而變得親和起來；一枚晶瑩剔透的水晶滷蛋，可以令人想起一個教授露出幾近頑童的表情，都是記憶的力

9《飲膳札記》，頁二三—二四。
10《飲膳札記》，頁二七。
11《飲膳札記》，頁二九—三〇。

量在作用，它使一道食物上升到精神的層次了。《飲膳札記》原來的初稿是作者於宴客時所做的筆記，記錄菜單、宴客的日期和客人的名字，原來只為實用的目的，她在〈跋〉裡這麼說：

但是重覽那些陳舊了的記錄文字，於一道道菜餚之間，令我憶起往日俎上灶前的割烹經驗，而那些隨意寫下的名字，許多年後再看，竟也有一些人事變化，則又不免引發深沉的感慨與感傷！[12]

由此可見烹飪和記憶之不能分割，林文月於飲食的部分詳盡而於人事往往只是蜻蜓點水，那寥寥幾筆卻是文章的精魄，文章遂有了記憶的深度和時間的鑿痕，增添王勃〈藤王閣序〉所謂「勝地不常，盛筵難再。蘭亭已矣，梓澤丘墟，臨別贈言，幸承恩于偉餞……一言均賦，四韻俱成」，那種宴終人散的唏噓！

相較於林文月那種盛筵難再的感慨，徐世怡則是透過飲食書寫回顧一個現代女性的成長，她認為「飲食文化是一群人在時空環境中，慢慢釀出花朵。打開生命的大鍋，回憶的味道總會裊裊溢出」[13]。因此《流浪者的廚房》記錄的對象有食物，也有人物，是一個「飄泊者」為安慰自己的臟腑而烹調時，不經意挖掘出和食物不可或忘的成長記憶。「飄泊者」的意義有二：二十世紀末，越來越多的旅行者在旅路上度日，他們離家的理由雖然不同，想家時總不免想嘗一嘗家鄉的食物以緩鄉愁——這是在空間上的飄泊者。其次，是指那些想藉食物重溫舊夢，所謂時間上的飄泊者。這本散文集有很多食物是徐世怡留學比利時的記憶，許多時候做菜並不是為了吃，只是想化解鄉愁：

> 廚房裡裡外外忙忙碌碌的切啊剁啊，被解到愁的根本不是那些管「吃」的器官，比較實際的是，廚房裡裡外外的勞動已讓人無暇去孵愁鬱的蛋。器官們根本不懂事，它們只知道餓，只知道吃。[14]

這裡徐世怡把精神和感官一分為二，飢餓的器官被餵飽了，可是精神上還是餓的，因此做菜變成是一種永無止盡的追尋，鄉愁是延宕的符旨，既然無法被把握，就無法去化解。所以她對烹飪的態度很隨興，也很任性，既不講究材料，也不重視正統口味，為的是烹飪過程中，

12《飲膳札記》，頁一四七。
13 徐世怡：《流浪者的廚房》（台北：大塊文化，一九九八），頁三〇。
14《流浪者的廚房》，頁一七。

那種從忘鄉晉升到忘我的快樂。

因此流浪者／飄泊者沉浸於烹飪遊戲的快樂，並不在乎烹飪的「技」如何。她專注於烹飪自身，如果按照詮釋學所說的，一切遊戲活動都是一種被遊戲的過程（alles Spielen ist ein Gespieltwerden），那麼烹飪的魅力，烹飪所表現的迷惑力，對於徐世怡來說，正在於它超越烹飪者而成為主宰，她並不在意求烹飪的結果如何成功，而是充分玩味烹飪，就像庖丁解牛時忘了牛的存在，而進入一種藝術的忘我境界，也即伽達瑪所說的遊戲狀態。

學會包水餃和做包子之後，徐世怡形容自己「像瘋了一樣迷上這種『展現手指功夫』的手工藝」[15]，因為那是表現拿捏手工的遊戲。包水餃要達到餃子可以壯麗地站立才算好玩，因此要有點幾何學的直覺的功夫，她認為那是一種「手工幾何」：「包水餃過程中的每一個捏合就是在創造點面的接合點，這整張軟軟的麵皮被我的手指拉塑出包容性的幾何函數」[16]。她其實是想藉包餃子時，再浸潤於兒時「爸爸揉麵粉，小孩在旁玩」的時光。父親認真揉麵粉的樣子，空氣中那股充滿麵粉發酵的香味，就是「幸福」的味道。因此廚房往事永遠離不開人間煙火，食物必須沾染人的氣息，才能讓人記憶。水餃的意義對徐世怡而言是十分繁複的，那也讓她想起二姐，二姐包的水餃，以及她慘淡的青春期。作者用了一大段文字挖掘記憶中的水餃天鵝：

她就是可以把水餃包得挺傲有角。和別人的水餃比起來，她的水餃隊伍簡直是一排巍巍站立的天鵝湖芭蕾舞群。水餃從腰窩孤度拔起挺胸的曲線，我幾乎要懷疑那些驕傲的水餃已經長出脊椎骨了。軟軟的一張圓皮被拉成連續的幾何平面，薄薄的皮裡包著結實的肉餡，伶俐的彎皮角度下藏著不破皮的韌度，二姐捏出的水餃就是與我們這等泛泛之輩有很大的不同。她的每隻天鵝都挺胸揚顎，整齊白淨，那麼整齊的角度活像訓練多年的古典芭蕾舞團。[17]

作者把二姐所包的餃子比喻成優雅美麗的天鵝，整個敘述視角都扣緊天鵝的意象而鋪陳，水餃挺立的姿態是天鵝湖芭蕾舞群，從天鵝而轉到天鵝湖芭蕾舞群，水餃的比喻換了兩次，為的是更形象化水餃栩栩如生的形狀，繼而以擬人化的修辭「驕傲」加強讀者對水餃的敘述，也強調二姐所捏的水餃和她的有多麼不同。那挺胸揚顎，整齊白淨的天鵝實有雙重意義：第一重是指二姐就像她所捏的水餃天鵝，當時已亭亭玉立，而自已則是暗中崇拜她的醜小鴨；

15《流浪者的廚房》，頁二八。
16《流浪者的廚房》，頁二九。
17《流浪者的廚房》，頁五二。

第二重意義指涉那些美麗的天鵝是「童」話，只合存在「故」事裡。因此二十年後，當已有兩個小孩的二姐茫然的搖頭，表示早已忘了怎麼包水餃時，徐世怡不由得惋嘆「人會長大，天鵝也會老、會死；時光的湖水往前流，還有誰是什麼都記得呢？」[18]

徐世怡的飲食散文和林文月最大的不同之處在於，林文月幾乎通篇敘述菜餚的製作方式，對人事往往輕輕幾筆掠過；徐世怡則是著重依附食物而生的事件，食物是草蛇灰線，帶出五味雜陳的記憶。譬如吃飯這件事，在徐世怡的童年記憶中，是小孩「吃飯看電視」，而爸爸「吃飯配報紙」。至於蛋糕食譜，則令她想起留學時，那個富裕而憂鬱的台灣女孩。那女孩的憂鬱來自於對未來的迷茫，她順著父母的意思去留學，但對未來十分徬徨，到比利時既不是為了唸書，也不是工作，更不想嫁人，她年輕又漂亮，穿最好的衣服，「但她駝著背的身體卻包住一種對什麼都提不起勁來的老味」[19]，就像少女做的蛋糕「鬆鬆軟軟」的，而少女是「散散茫茫」的，是一個失血的生命。因此她從少女那裡拿了蛋糕食譜，卻經過大力改良，似乎潛意識裡抗拒像少女那樣，只有等待的生命模式。

梁實秋所寫的〈芙蓉雞片〉一文，懷念的是北平的東興樓館子，當年一起在此歡聚的友人，以及父親的教誨。幼時隨父親到東興樓，他因不耐上菜稍慢，而以牙箸敲盤碗，這樣的一件小事，卻有著許多人情世故在內：

我用牙箸在盤碗的沿上輕輕叮噹兩響，先君急止我曰：「千萬不可敲盤碗作響，這是外鄉客粗魯的表現。你可以高聲喊人，但是敲盤碗表示你要掀桌子。在這裡，若是被櫃上聽到，就會立刻有人出面賠不是，而且那位當值的跑堂就要捲鋪蓋，真個的捲鋪蓋，有人把門簾高高掀起，讓你親見那個跑堂扛著鋪蓋兒從你門前急馳而過。不過這是表演性質，等一下他會從後門又轉回來的。」[20]

不過是敲盤碗這樣的小動作，這在歷史悠久，重視飲食文化的飯館，卻可以詮釋成是要「掀桌子」。這意味著吃飯不僅是攝食的生理活動和物質活動，也是心理和精神活動，正所謂吃飯皇帝大，當用餐的情趣受到破壞，譬如菜上慢了令客人不耐，飯館要求當值的跑堂捲鋪蓋，是表示極為重視客人必須在愉悅的情緒下用餐，為平伏客人的不滿而做的假動作。但這偶然的疏忽並不至於要讓人失掉工作，所以是「表演性質」，讓他兜個圈又從後門轉回來，只要達到提醒的作用即可，從這裡我們也看到人情之厚，一個有飲食文化的民族處事之迂

18《流浪者的廚房》，頁五六。
19《流浪者的廚房》，頁四〇。
20《雅舍談吃》，頁九二—九三。

迴。

《雅舍談吃》多次提起父母。譬如寫〈鍋燒雞〉一文，雖是記一種下酒的菜餚，在梁實秋的記憶裡，它勾起的是一個六歲男童的醉酒記憶：

第一個房間是我隨侍先君經常占用的一間，窗戶外面有一棵不知名的大樹遮掩，樹葉很大，風也蕭蕭，無風也蕭蕭，很有情調。我第一次吃醉酒就是在這個房間裡。幾盃花雕下肚後還索酒吃，先君不許，我站在凳子上陷舀起一大杓湯潑將過去，潑濺在先君的兩截衫上，隨後我即暈倒，醒來發現已在家裡。這一件事我記憶甚清，時年六歲。[21]

這段文字的可觀之處，在於它體現了飲食文化中重視宴飲環境的傳統。六朝時阮籍等七賢聚飲嘯歌的竹林，李白「舉杯邀明月，對影成三人」的「花間」；良辰、美景、賞心、樂事四具美的王勃會飲之滕王閣；歐陽修筆下環山臨泉，翼然而立的醉翁亭，是集天工、人工，內、外、大、小於一體的絕妙環境。袁宏道對宴飲環境有所謂「醉花」、「醉雪」、「醉樓」、「醉水」、「醉月」、「醉山」之說，而梁實秋筆下那棵濃密的大樹，亦製造了一個非常詩意的用餐情境，那樣的情調也許讓一個小孩模模糊糊的感受到美的薰陶，加上大量酒精的作用，於是便演出一場那樣澆一大杓湯到父親身上的醉酒鬧劇。或是在酒席吃到不對味的涼拌海參時，特別想念父親那獨特的配方，於是〈海參〉一文中那一段涼拌海參的敘述，實為懷念父親之思。

於〈筍〉一文詳述各種筍的掌故之餘，不能忘記的是母親的冬筍炒肉絲：「我從小最愛吃的一道菜，就是冬筍炒肉絲，加一點韭黃木耳，臨起鍋澆一杓紹興酒，認為那是無上妙品——但是一定要我母親親自掌杓」[22]。這樣由母親掌廚的冬筍炒肉絲，除了是廚藝之巧外，尚有母愛的味道。或是吃遍天下的炸丸子，卻最不能忘記七十多年前，母親特別為嘴饞的小孩叫來的那碟同和館的小炸丸子。也許那碟炸丸子並不特別，而是時間的距離和對母親的記憶，使食物變得可口。無論是鍋燒雞、海參、冬筍炒肉絲或是炸丸子，這些「食物」皆因攀附著親人的記憶，轉化成再也難現的「美食」。

在唐魯孫為數眾多的飲食散文中，最令人印象深刻的是〈北平、上海、台灣的包子〉。除了圍繞著包子的焦點敘述之外，他把敘事延伸到「人」的層次，在記述北平「河間包子」時，描寫一個做包子的師傅，人物的形象頗能和包子的外形縮連：

21《雅舍談吃》，頁七八。
22《雅舍談吃》，頁一二六。

筆者當年每天中午在潤明樓吃飯，憑欄下顧，就看見一個胖子在一座白布蓬裡一邊包一邊蒸，忙得井井有條，胖子胖得眉眼都擠在一起，永遠笑咪咪的，跟當今影劇雙棲藝人葛小寶彷彿兄弟一樣，兩隻手揉麵活似兩隻大肉包子在那裡翻動，尤其到了夏天，他穿一件夏布小坎肩，胖嘟嘟的身材渾身哆哩哆嗦，時常引得路人駐足而觀，他做的包子別具一格，既沒滷汁更沒湯水，餡子鬆散可是柔潤，同時保證不摻味之素，他的緊鄰就是爆肚王，叫一碗水爆肚配合著河間包子吃，凡是吃過的主兒準能回味出當年那分滋味吧！[23]

這個包子師傅福態的外貌十分有喜劇感，很能搭配包子的形象，作者說他「兩隻手揉麵活似兩隻大肉包子在那裡翻動」，幹起活來渾身都抖動，這樣的「肉」感很容易讓人把他和「肉包子」貫聯在一起，當作者憶當年的時候，立刻勾勒出那副令人難忘的市井圖——包子師傅和路人、包子加上水爆肚，形成兩條糾纏的記憶線路，那不只是味覺的，同時也是鄉愁的。

三、舌頭的革命

美食的定義因而人異，相較於中國飲食文化從質地、聞香、形制、器具、味覺、口感、節奏、環境、情趣[24]等美學標準去品評食物，中國少數民族的飲食顯然要直接而粗獷，和中國美食形成中心／邊緣文化的強烈對比。趙繼康在〈花的菜餚〉裡敘述昆明的地方美食——這個「花城」由於一年四季如春，鮮花盛綻，因此昆明人不僅喜歡種花、賞花，並且也酷愛吃花，那種「愛花愛得恨不能一口吞進肚子裡」的情感，既是一種原始的慾念，也是一種浪漫的舉動，同時在昆明的居民看來，也是一種養身之道。作者在文中列出十幾道花餚，從其色、味、療效、烹煮之道，以及相關的掌故等不同的角度撩撥起讀者的想像，譬如「鮮黃色的金雀花，一朵朵看起來很像小鳥閉合著的小嘴，只需開水燙一下，用來炒雞蛋，盛出來的盤子金光燦爛」[25]。

艷麗的仙人掌花下油鍋炸了之後，像小魚乾一樣焦黃，是一道當地人的下酒菜，或是南瓜花的雄花拌土豆和麵粉炸出來的「南瓜花酥」，乃至清熱解毒的苦茨花，如果說飲食是嗅香、察色、看形、品味和領悟神韻的綜合過程，那麼花的菜餚在先天上就占了優勢，因此這

23《故園情》，頁二四八。

24 中國飲食文化，形式多變，內蘊豐富深厚。趙榮光歸納整理中國的飲食文化，認為其審美思想主要有十個特色，稱之為「十美風格」，詳見〈十美風格——中國古代飲食文化〉，《聯合文學》第一四一期（一九九六年七月），頁七九—八六。

25《喫遍天下》，頁五二。

篇文章混合著知識和情趣的敘事方式，較諸一般飲食散文多了色彩的美感。譬如寫攀枝花，先是指出它的實用價值——它結的子帶著長長的絨毛，可以用來填充枕頭；繼而從實用的層次寫到惹火的外貌——那開滿鮮紅花朵的花樹，挺立在荒山上，沒有一片綠葉，簡直就像著火。然而熱鬧的花期十分短暫，被風一吹，很快就掉落了。因此雲南西雙版納的傣族，形容青年小伙子和青年女子的初戀，就像攀枝花一樣，風一吹就落，愛得雖然熱烈，卻無法天長地久。作者從花的實用價值、外貌延伸到浪漫的掌故，繼而從浪漫轉入實用的層次——落地的花再沒有觀賞的價值，於是它成為老饕的美食。雖然如此，火紅的花炒肉片，仍然是色彩美得令人驚艷，而滋味香甜。作者對它的滋味並沒有多所著墨，著重的是它迂迴曲折的生命歷程。

趙繼康筆下少數民族的美食，帶著神祕的美感和野趣，和林文月、唐魯孫、梁實秋所描寫的漢族文化迥然相異。由於在邊遠地區，調味料取得不易，因此美食取決於原料，漢人飲食文化中所謂的山珍——熊掌，在邊陲地區由於沒有調味料，找不到火腿、香菇、蝦米及木耳等素材，實等同於一塊肥油。反而是烹調方式簡單的野味，才符合美食的要求，譬如蜂蛹、竹蛆和蟬，在少數民族的美食標準中，雖是高級魚翅、燕窩或海參也不換的山珍。得來不易的蜂蛹，少數民族視之為山神的禮物；或是長在竹子裡的蛆蟲，它以竹子裡層的竹衣為食，長大長肥的過程從未接觸過陽光雨露和塵土，農民取得這種美食，認為是一種莫大的好運，通常留著自已享用，不輕易出售。作者這麼形容它的特色：

在兩個竹節之中，蠕動著的潔白的竹蛆，至少有一磅半到兩磅。剖開竹筍，倒出來足足有兩大碗。珍珠一樣潔白的竹蛆，甚至連洗都不用洗，往油鍋中一倒，油炸至半焦黃，盛在盤子裡，也很像印度或西班牙小種的花生米，略加鹽和胡椒，挾進嘴裡真是入口即酥化，而且帶點竹子的清香味，比較起炸蜂蛹來，似乎更香更脆更美味。[26]

這裡我們可以思考文明／原始之間的分際。這樣的吃法顛覆了文明那套繁複的烹調美學，只使用單一原料烹製，幾乎不用增香上色，甚至省卻清洗的步驟，一切的味覺美感都依靠原料的質地，本來佳餚之成，是原料和烹調兩個環節的融合。但是在邊遠地區，因為烹調技術不發達，作料不足，只有靠原料取勝，而這樣的原料美味與否，實是主觀的感受。可是趙繼康那經過文明的烹調方式馴養過的舌頭，竟被這樣的原始美味所革命，認同了少數民族的美食標準。或者像是紅河地區的哈尼族，在六月六日火把節那日，必得獵取一百件動物，煮一鍋「百肉湯」。所謂的百肉，在哈尼族人看來，是指「會動的都是肉」，因此舉凡螞蟻、青蛙、

26《喫遍天下》，頁一四四。

田鼠、山雞都是肉，總而言之，見鳥獵鳥，見魚獵魚，甚至蝴蝶、蜜蜂也都是肉湯的材料。這樣的食物無法用文明飲食的美學去審視，其天方夜譚式的奇聞，已經超越舌頭的層次，進入了文學的想像空間。

文學和烹飪的相似之處，是它們同樣沒有規則可循，它是一種想像力和創造力的發揮，同樣的菜色經過不同舌頭的改造，它會沾染上個人獨特的味道。徐世怡在〈回鍋的回憶〉敘述她開始做菜的經過，其實是以如假包換的辦家家酒那種心態來買菜、切菜和下鍋。她認為自己來自不太重視口味的家庭，沒見識過太多上等珍饈，因此對材料並不苛求。由於沒有口味上的包袱，她喜歡革命——別人的水餃都是包著粉絲、香菇、肉末、蔥末，她卻喜歡不按牌理出牌的方式，廚房裡有什麼料就放什麼，連馬玲薯、綠碗豆、紅蘿蔔，甚至剩菜都可以變成餃子餡。

在比利時留學期間，她從一位台灣太太那兒學會了做春捲，卻因為討厭花生粉而捨棄這項材料，用咖哩料取而代之。同樣是春捲，在不同的手藝改造之下，它有了烹飪者的個性，或可稱之為「徐氏春捲」。蛋糕食譜也一樣，必得要經過她大力的改良。她的烹調觀念就像序裡說的：

> 人生是一場自己掌廚的宴席，要甜、要酸、要甘、要油、要淡，自己能選擇，也要能

調理。做壞了，有機會下次再試；做得好吃，也是一場腸胃盡歡的喜緣。[27]

這段文字其實已經從飲食的書寫提升到對人生的思考了，掌廚的人決定味道的輕重，就像獨立自主的個體對自已的生命了然於心，失誤不必在意；成功了，則當是人生／腸胃的福氣。或許這種飲食的修行，就是其形上學意義吧！

結論

美食在散文中的作用，除了作為「飲食散文」的要素之外，它應該是一種書寫策略，旨在勾引食慾，或是召喚記憶的符徵。作者以食物為餌來垂釣記憶，而記憶也往往藉由唇舌來到筆下。如果凡是書寫食物的散文都能歸入飲食散文的範疇，審視其成敗的關鍵，則是食物在散文中是否經過轉化。本文第一節所論及的散文是停留在「技」的層次，或是食物作為符號而未引伸／建構更深一層的意義，或是作者偶因一時興起之作，實為第二、第三節的反證；第二、三節作為演繹記憶和食物之間的互動關係，實是一體，而分兩個層次。作者仲出

27《流浪者的廚房》，頁一八。

記憶的舌頭，重新品嚐了難以忘懷的佳餚，再次回味了隱藏在美食背面的陳年舊事。人事，替這些散文添加了動人的元素。

參考書目

林文月：《飲膳札記》（台北：洪範，一九九九）。

唐魯孫：《故園情》（台北：時報，一九七九）。

唐魯孫：《什錦拼盤》（台北：大地，一九八二）。

唐魯孫：《大雜燴》（台北：大地，一九八二）。

唐魯孫：《中國吃》（台北：大地，一九九〇）。

唐魯孫：《唐魯孫談吃》（台北：大地，一九九四）。

唐魯孫：《天下味》（台北：大地，一九九四）。

徐世怡：《流浪者的廚房》（台北：大塊文化，一九九八）。

梁實秋：《雅舍談吃》（台北：九歌，一九八六）。

趙繼康：《喫遍天下》（台北：大地，一九九八）。

趙榮光：〈十美風格——中國古代飲食文化〉，《聯合文學》（一九九六年七月），頁七九—八六。

聯經評論
雄辯風景：當代散文論 I

2016年7月初版　　定價：新臺幣330元
有著作權・翻印必究
Printed in Taiwan.

著者	鍾怡雯
總編輯	胡金倫
總經理	羅國俊
發行人	林載爵

出版者	聯經出版事業股份有限公司
地址	台北市基隆路一段180號4樓
編輯部地址	台北市基隆路一段180號4樓
叢書主編電話	(02)87876242轉212
台北聯經書房	台北市新生南路三段94號
電話	(02)23620308
台中分公司	台中市北區崇德路一段198號
暨門市電話	(04)22312023
台中電子信箱	e-mail：linking2@ms42.hinet.net
郵政劃撥帳戶第	0100559-3號
郵撥電話	(02)23620308
印刷者	世和印製企業有限公司
總經銷	聯合發行股份有限公司
發行所	新北市新店區寶橋路235巷6弄6號2樓
電話	(02)29178022

叢書主編	沙淑芬
校對	謝麗玲
封面設計	沈佳德

行政院新聞局出版事業登記證局版臺業字第0130號

本書如有缺頁，破損，倒裝請寄回台北聯經書房更換。　ISBN 978-957-08-4786-4 (平裝)
聯經網址：www.linkingbooks.com.tw
電子信箱：linking@udngroup.com

國家圖書館出版品預行編目資料

雄辯風景：當代散文論 I/鍾怡雯著．初版．
臺北市．聯經．2016年7月（民105年）．264面．
14.8×21公分（聯經評論）
ISBN 978-957-08-4786-4（平裝）

1.散文 2.中國當代文學 3.文學評論

820.9508 105013864